KB113107

참을 수 있겠니

더 깊게,
더 오래,
더 많이

Beautiful Bitch

참을 수 있겠니

크리스티나 로런 지음
옴므 옮김

르누아르

Beautiful Bitch

1

어머니는 늘 말씀하셨다. 모든 면에서 내게 뒤떨어지지 않는 여자를 만나라고.

"자기 세계보다 너를 우선시하는 여자에게 빠지지 마라. 너처럼 대담한 진짜 물건을 만나야 해. 더 나은 남자가 되고 싶다는 마음을 갖게 하는 여자를 찾아."

확실히 나는 내 짝을 찾았다. 내 삶을 살아 있는 지옥으로 만들고 나와 맞서기 위해 사는 여자. 키스하고 싶은 만큼이나 그 입을 테이프로 틀어막고 싶은 여자.

바로 내 여자 친구이자 전 인턴사원 클로에 밀스다.

예쁘지만 못된 년.

그게 내가 그녀를 보던 시각이었다. 내가 얼마나 치명적으로 그녀와 사랑에 빠질지 알지 못하던 멍청이일 때, 단언컨대 나는 더 나은 남자가 되고 싶다는 생각을 하게 만드는 대담한 여자를 만났고 그녀에게 빠져들었다. 하지만 그녀와 같이 있는 시간을 단 1분도 내기 힘든 상황이 되어버렸다.

한마디로 말해 내 여자를 발견했지만 나는 그녀를 만날 수가 없다.

***

지난 두 달간 뉴욕에 새로 내려는 라이언 미디어 그룹의 지부 사무실을 알아보기 위해 돌아다녔다. 클로에는 시카고에 남았다. 시카고에서 같이 지내는ㅡ자주 갖지도 못한ㅡ주말에도 친구, 일광욕, 레저로 분주해서 둘만의 시간이 충분하지 못했다. 우리는 아침부터 한밤중까지 주말 전부를 사교 생활에 바쳤고 매일 밤 녹초가 되어 기어 들어와 옷을 겨우 벗고 반쯤 잠든 채로 사랑을 나눴다.

사실 우리의 애정 행위는 점점 더 친밀하고 격렬해졌지만(그 덕분에 잠을 거의 자지 못했다) 아직 충분하지 않았다. 나는 우리가 안정기에 접어들었다고 느끼기를, 우리가 주기적인 만나는 것이 일상적인 일로 여겨지는 날이 오기를 기다리고 있었다. 하지만 그런 일은 결코 일어나지 않았다. 난 항상 목마른 상태에 있었다. 월요일이 최악이었다. 월요

일은 종일 회의의 연속인 데다, 클로에가 없는 암울한 평일이 시작되는 날이기도 하다.

프린터에서 문서가 나오기를 기다리는데 친숙한 구두 굽 소리에 고개를 들었다. 내 내면의 애원을 듣기라도 한 듯, 클로에 밀스가 걸어오고 있었다. 슬림한 붉은 울 스커트에 딱 붙는 감청색 스웨터 차림이었다. 구두 굽은 솔직히 푹신한 침실 밖에서는 그다지 안전해 보이지 않을 정도로 현기증 나는 높이였다. 아침 8시 회의에 맞추려고 서둘러 준비하는 동안 그녀는 오직 창으로 흘러든 흐릿한 햇빛만 걸친 채 침대에 누워 있었다.

미소를 억누르면서도 절망적인 상태를 티 내지 않으려고 노력했다. 하지만 내가 왜 애써 그러는지 이해가 되지는 않았다. 어쨌든 그녀는 내 표정을 전부 읽을 수 있으니까.

"오, 컴퓨터 화면에 나타난 걸 종이 위로 옮겨주는 마법의 기계를 이제야 발견하신 모양이군요."

그녀가 말을 걸었다.

나는 바지 주머니에 손을 넣고 동전을 만지작거렸다. 그녀의 놀리는 말투와 태도에 몸에서 아드레날린이 분비되는 걸 느꼈다.

"사실은 여기 온 첫날 이 놀라운 기계를 발견했지. 당신에게 문서를 가져오라는 심부름을 처음 시켰을 때, 그 은혜로운 침묵의 시간이 마음에 들었거든.”

내게 다가오는 그녀의 미소가 더욱 환해지고 눈은 사악해졌다.

“멍청이.”

젠장, 그래. 내게로 와, 내 사랑. 복사실에서 10분 어때? 그 시간이면 끝내주는 일을 할 수 있는데.

“오늘 밤은 운동하러 가야 해요.”

그녀는 걸음을 늦추지 않은 채로 스쳐 가며 속삭이고는 내 어깨를 가볍게 두드린 뒤 복도로 사라졌다.

그녀가 걸을 때마다 살짝 흔들리는 엉덩이를 바라보며 다시 돌아와서 날 좀 더 괴롭혀주기를 기다렸다. 하지만 그녀는 돌아오지 않았다. 이게 끝이야? 이게 전부야? 어깨 툭툭, 약간의 말장난, 그리고 엉덩이 씰룩거리기가?

우리가 사귄 지는 1년이 되어간다. 같이 잔 건 그보다 오래되었다. 그러나 콘퍼런스 참석차 함께 지낸 샌디에이고 시절 이후로 주말보다 더 긴 시간을 함께 보낸 적이 없었다.

나는 한숨을 쉬고 프린터에서 서류를 꺼내들었다. 우리에게는 휴가가 필요하다.

***

사무실로 돌아와 서류를 책상에 던져놓은 뒤 컴퓨터 화면으로 오늘 일정을 확인했다. 놀랍게도 대부분 시간이 비어 있었다. 클로에와 더 일찍 함께하기 위해 지난주 내내 미친 듯이 일했다. 그 덕분에 아침에 해야 할 봉급 결제를 제외하면 스케줄이 비어 있었다. 하지만 클로에는 새로운 직책을 맡아 매우 바쁠 것이다.

그녀가 인턴이던 시절이 그리웠다. 그녀에게 갑질하던 때가 그리웠다. 아니, 이제는 역할을 바꿔 그녀가 내게 갑질을 해주기를 진실로 원한다.

몇 달 만에 처음으로 나는 일 없이 사무실에 앉아 있었다. 눈을 감은 지 몇 초 만에 수백 가지 생각이 떠올랐다. 공항으로 출발하기 전 봤던 뉴욕의 빈 사무실. 짐을 쌀 계획…. 가장 마음에 드는 생각은 클로에와 새집에서 짐을 풀 계획이었다. 그러자 내 두뇌는 익숙한 길로 접어들었다. 상상 가능한 모든 자세를 취하는 알몸의 클로에.

내가 가장 좋아하는 우리 추억으로 생각이 이어졌다. 그녀가 MBA 장학위원들 앞에서 치른 논문 심사 다음 날 아침 말이다.

우리가 서로 미워하면서도 몸을 섞는 단계를 넘어 그 이상을 원하기 시작했다는 사실을 인정하자 그로 인한 긴장과 열기로 그 어느 때보다 더 격렬하게 다투게 됐다. 나는 몇 달 동안 그녀를 보지 못했고, 결국 그녀가 장학위원회 교수들 앞에서 논문 발표하는 곳을 찾아갔다. 그날 그녀는 원하는 걸 얻어냈다.

하지만 회의실에서 우리가 나눈 대화에도 불구하고 여전히 말해야 할 게 남았다. 우리의 재결합이 아직은 낯설고, 우리 관계에 대해 나는 확신하지 못하고 있었다.

거리로 나와 클로에를 바라보았다. 그녀의 눈, 입술, 그리고 그녀의 목덜미를. 불과 몇 분 전 내가 남긴 붉은 키스 자국이 있었다. 그녀가 손가락으로 뾰루지가 난 부분을 문질렀다. 그것을 보자 뇌에서 성기로 이어지는 전기회로에 불이 들어왔다. 재결합은 잘한 일이었다. 이제 그녀를 집으로 데려가 침대 위에 눕혀야 할 시간이었다.

하지만 그 점에 대해 우리 의견이 일치하는지 알 수 없었다.

태양 아래로 나오자 그녀는 넘어질 것처럼 보였다. 물론 그럴 것이, 클로에라면 지난 72시간을 꼬박 밤새우며 발표 준비를 했을 것이다. 하지만 나는 그녀를 오랫동안 보지 못했다. 내가 그녀를 집에 데려가 쉬게 해줄 수 있을까? 그녀가 자야 한다면 밖에 나가 그녀가 깰 때까지 기다려야 하겠지? 그녀 옆에 앉아서 그녀가 마침내 내 곁으로 돌아왔고 이제 다시 이러저러한 일을 함께할 수 있다는 사실을 실감할 수도 있을 것이다. 그런데 어떤 일? 머릿결을 만지작거리는 것?

빌어먹을. 내가 이렇게 끔찍한 녀석이었던가.

클로에는 노트북 가방을 어깨에 멨다. 그걸 보고 나는 생각에서 빠져나왔다. 하지만 그녀를 다시 쳐다보았을 때, 그녀는 강 건너 먼 곳을 바라보고 있었다.

"괜찮아?"

그녀의 눈을 피하며 물었다. 그녀는 고개를 끄덕이더니 마치 감기에라도 걸린 듯 살짝 떨었다.

"괜찮아요. 약간 감정이 격해졌을 뿐이에요."

"전쟁신경증 같은?"

그녀의 지친 듯한 미소가 내 심장을 잡아당겼다. 하지만 그녀가 말을 하기 전 입술을 핥는 모습이 나를 더 사로잡았다.

"오늘 당신을 볼 수 없을 거라는 생각에 슬펐어요. 오늘 아침, 당신 건물에서 이곳까지 걸어오는 내내 당신, 혹은 엘리엇이나 회사의 누구도 없이 혼자서 해내야 한다니 얼마나 이상한 일인가 하고 생각했어요. 그런데 당신이 나타난 거야. 물론 날 열 받게 하긴 했지만, 또 날 웃게 만들기도 했죠."

그녀는 고개를 갸우뚱하더니 내 얼굴을 쳐다보았다.

"발표는 정확히 내가 원한 대로 됐어요. 직장 제의도 그렇고… 그리고 당신. 당신은 날 사랑한다고 했죠. 그리고 여기 있네요."

그녀는 팔을 뻗어 내 가슴에 손바닥을 댔다. 그녀는 옷 위로도 내 심장박동을 느낄 수 있었을 것이다.

"내 아드레날린은 점점 느려지고 있고 난 그저…"

그녀는 손을 떼더니 공중에서 휘휘 젓고는 손을 오므렸다.

"오늘 밤이 어떻게 될지 잘 모르겠어요."

오늘 밤이 어떻다고? 난 오늘 밤이 어떻게 될지 정확히 가르쳐줄 수 있었다. 우리는 어두워질 때까지 대화를 나누고, 그다음에는 해가 뜰 때까지 사랑을 나눌 것이다. 그녀의 어깨에 팔을 둘렀다. 오, 이런, 기분이 정말 좋았다.

"그런 건 내게 맡겨. 집까지 태워줄게."

그녀는 고개를 저으며 뒤로 물러섰다.

"회사로 돌아가도 괜찮아요. 우린…."

그녀를 노려보며 으르렁거렸다.

"말도 안 되는 소리. 벌써 네 시야. 회사로 돌아가지 않을 거야. 차가 근처에 있으니 타고 가."

모퉁이를 돌 때 그녀의 웃음소리가 더 날카로워졌다.

"보스 베넷 씨가 나타났네요. 이젠 확실히 당신과 같이 가지 않을 거야."

"클로에. 농담하는 거 아냐. 크리스마스 때까지 내 앞에서 사라지는 걸 허락하지 않을 거야."

6월의 오후 햇살 아래서 그녀가 눈을 가늘게 떴다.

"크리스마스? 그건 '넌 내 노예야'라고 말하는 것처럼 들리네요."

"그걸 받아들이지 않으면, 우리 관계는 제대로 되지 않을걸."

나는 그녀를 놀렸다. 그녀는 웃었지만 대답은 하지 않았다. 나를 바라보는 짙은 갈색 눈은 깜빡이지도 않았다. 그 표정이 무엇을 말하는지 읽기가 어려웠다.

그런 상황에는 익숙하지 않았기에 좌절감을 드러내지 않으려고 애썼다. 그녀의 엉덩이에 손을 얹으며 가볍게 입을 맞추었다. 젠장, 나는 이보다 더한 걸 원해.

"같이 가자. 주종 관계, 그런 게 아냐. 그냥 우리라고."

"베넷ㅡ."

역설적이게도 그 사소한 티격태격함에 안도감을 느끼면서 다시 키스로 그녀의 입을 막았다.

"자, 차로 가자."

"내가 말하려는 거 안 들어도 괜찮겠어요?"

"물론 듣고 싶어. 내 얼굴을 다리 사이에 끼운 채라면 당신이 원하는 모든 걸 말해도 돼."

클로에는 고개를 끄덕였다. 그녀의 손을 잡아 주차장으로 향하자 조용히 따라왔다. 하지만 그녀는 내내 알 수 없는 미소를 짓고 있었다.

***

클로에의 집으로 가는 동안 그녀는 손가락으로 내 허벅지를 쓰다듬더니 내게 기대어 목덜미를 핥고 바지 위로 성기를 쓰다듬었다. 그리

고 그날 아침 자신감을 북돋기 위해 입었다는 작은 빨간색 팬티에 관해
말했다.

"내가 그걸 찢는다면 당신의 자신감이 산산조각 날까?"

빨간불에 차가 멈췄을 때 그녀에게 키스하며 물었다. 기분이 막 좋아
지려는데 뒤차가 빵빵거렸다. 그녀의 입술이 내 입술을 잘근잘근 씹고
그녀의 숨소리가 내 입과 머리, 그리고 온 가슴―빌어먹을―을 가득
채울 때 말이다. 그녀를 알몸으로 만들어 내 밑에 눕히고 싶었다.

그녀의 집으로 올라가는 아파트 엘리베이터 안에서 우리는 더 격정
적인 상황을 연출했다. 얼마나 그녀를 그리워했던가. 그런 그녀가 바
로 내 앞에 있었다. 마음 같아서는 그날 밤을 사흘 정도로 늘이고 싶
었다. 그녀는 치마를 엉덩이까지 걷어 올렸고 나는 그녀의 다리 사이
로 파고들어 그녀를 들어 안았다. 터질 것 같은 내 물건이 그녀를 압박
했다.

"몇 번이나 가게 해주겠어."

난 자신했다.

"으으음, 진짜?"

"약속해."

나는 그녀에게 몸을 밀착한 채 엉덩이를 흔들었고 그녀는 숨을 크게
들이쉬더니 속삭였다.

"좋아요, 하지만 먼저….”

엘리베이터가 멈추는 소리가 나자 클로에는 내게서 떨어져 복도로 미끄러져 나갔다. 당황하는 기색 없이 자연스럽게 옷매무새를 고치면서 앞장서서 그녀의 집으로 향했다.

심장이 쿵쾅거렸다.

우리가 헤어진 뒤로 이곳에 오지 못했고 그녀와 대화하기 위해 경비원과 실랑이를 벌여야 했다. 결국 그녀의 집 밖에서 대화를 나눈 게 전부였다. 나는 기묘한 긴장감을 느꼈다. 재결합으로 편안한 기분을 느끼고 싶었다. 우리가 헤어진 동안 놓친 것들에 대해서는 생각하고 싶지 않았다. 나는 그런 생각들을 떨치기 위해 그녀가 열쇠를 찾는 동안 그녀의 귀 뒤쪽에 입을 맞추고 스커트의 지퍼를 내리기 시작했다.

그녀는 문을 열자마자 내게 돌아섰다.

"베넷⋯."

클로에가 무슨 말을 하려 했지만 나는 그녀를 안으로 이끌어 바로 벽에 밀어붙이고는 입으로 그녀의 입을 막았다. 빌어먹을, 그녀는 진짜 끝내줬다. 키스에는 그녀가 늘 마시는 레몬 워터와 다른 친숙한 맛이 섞여 있었다. 부드러운 민트 향, 그리고 더 부드러운, 목마른 입술. 그녀의 스커트 뒤쪽에 달린 지퍼를 더듬어, 섬세함 따위는 던져버리고 우악스럽게 내린 뒤 옷을 마루 위로 던졌다. 그리고 블레이저를 벗기려 했다. 도대체 왜 이런 빌어먹을 옷을 입는 것일까. 아니 도대체 왜 뭔가를 입고 있는 것인가.

그녀의 짙은 자주색 드레스셔츠 속에서 단단해진 젖꼭지가 고개를 내밀었다. 난 손끝으로 원을 그리며 그걸 애무했다. 그녀의 가쁜 숨소리가 들리자 내 눈을 뗄 수 없었다.

"이게 그리웠어. 당신이 그리웠어."

클로에가 혀끝으로 자신의 입술을 적셨다.

"나도 그래요."

"오, 당신을 사랑해."

내가 목에 키스하자 그녀는 가슴을 들썩이며 가쁜 숨을 내쉬었다. 여기서 속도를 늦춰야 하는지, 아니 늦출 수나 있는지 알 수가 없었다. 여기서 이대로 얼른 한 몸이 될까? 아니면 소파나 의자에 그녀를 앉히고 무릎을 꿇은 자세로 결합할까? 나는 가능한 시나리오를 열심히 생각하다가 문득 그녀의 존재, 그녀의 몸을 느끼고는 마비되었다.

내가 원한 게 그것이었다. 그녀가 내는 소리와 살결을 느끼고, 날 감싸는 그녀의 손 안에서 모든 걸 놓아버리고 싶었다. 그녀가 나를 올라탔을 때 이마에 맺히는 땀방울을 보고 싶었고, 그녀 역시 얼마나 내가 그리웠는지 보여주길 원했다. 그녀는 느끼기 시작하면 평소와는 다르게 가늘게 몸을 떤다. 그녀가 언제나 좋아하던 방식으로 그녀의 이름을 속삭일 때 날 꼭 끌어안는 걸 느끼고 싶었다.

클로에의 윗옷을 벗기는 내 손이 떨고 있었다. 그녀가 논문 심사를 위해 고른 옷의 단추가 망가지면 안 된다는 생각이 내 뇌의 한구석 어던가에 등록되어 있었다.

나는 물론 그 느낌을 즐기고 싶었다. 그녀를 맛보고 싶었다.

"베넷?"

"응?"

나는 단추를 풀고 그녀의 목덜미를 쓸어내렸다.

"사랑해요."

그녀는 그렇게 말하며 눈을 크게 뜨고 내 팔을 잡았다. 내 손은 흔들렸고 숨이 찼다.

"하지만… 당신은 내가 지금부터 하려는 말을 좋아하지 않을 거야."

나는 여전히 '사랑해요'에 머물러 있었다. 내 미소가 약간 어색해졌다.

"왜? 당신이 뭐라고 하든 난 싫어하지 않을 거야."

그녀는 움찔하더니 고개를 돌려 벽에 걸린 시계를 봤다. 그녀의 아파트를 둘러볼 생각을 한 건 그때가 처음이었다. 나는 당황했다. 그녀의 방은 내가 기대했던 것과는 전혀 달랐다.

클로에의 모든 것은 항상 완벽했고 세련됐다. 하지만 그녀의 아파트는 그것과는 거리가 멀었다. 거실은 깔끔했지만 그녀의 것이라고는 상상할 수 없는 낡은 가구와 물건들로 가득 차 있었다. 모든 게 갈색으로 색이 바란 것들이었다. 소파는 편안해 보였지만 박제된 동물로 만든 게 아닐까 싶을 정도였다. 목제 올빼미 인형의 작은 컬렉션이 작은 텔

레비전 근처의 선반에 놓여 있었고, 부엌에 있는, 그녀가 바라보던 시계에는 웃고 있는 커다란 호박벌에 만화 같은 글씨체로 "BEE HAPPY"라고 씌어 있었다.

"이건… 예상 밖인데?"

클로에는 내가 아파트를 둘러보는 걸 지켜보다가 갑자기 웃음을 터뜨렸다. 그녀가 말로 나를 초토화시키기 전에 항상 터트리는 그 웃음이었다.

"뭘 기대했는데요, 라이언 씨?"

어깨를 으쓱거렸다. 그녀에게 모욕감을 주고 싶지는 않았지만 이 기묘한 불일치가 궁금하지 않을 수 없었다.

"당신 집은 이보다는 더 당신 같을 거라고 생각했거든."

"오, 이런. 내 올빼미가 마음에 안 들어요?"

클로에가 웃으며 물었다.

"아, 좋아, 좋아해. 저것들은….."

나는 머리를 긁적이기 시작했다.

"저 소파는요?"

그녀가 말을 끊었다.

"저 위에서는 우리가 즐길 수 없을 거 같아요?"

"자기, 우리는 이 집의 어떤 것 위에서도 즐길 수 있어. 난 다만 당신이 사는 곳이….."

이런 젠장. 왜 내가 이렇게 떠들고 있지? 클로에는 손으로 입을 가리고 조용히 웃고 있었다.

"진정해요."

그녀가 말했다.

"여긴 엄마 아파트예요. 난 여기가 좋아. 하지만 내 물건은 없어요. 학교를 다니는 동안에는 이 집을 팔거나 물건을 새로 들일 생각을 하지 못했어요."

나는 신기한 듯 다시 둘러보았다.

"수백 달러짜리 팬티를 사면서도 새 소파는 안 샀다고?"

"속물처럼 굴지 마요. 난 새 소파가 필요 없었어요. 하지만 새 팬티는 자주 필요했죠."

클로에는 조용히, 그리고 의미심장하게 대답했다.

"그래, 그건 맞는 말이지."

완벽하게 기억을 환기해주는 대화 덕분에 나는 다시 클로에에게 다가가 단추 공략을 부드럽게 재개했다. 셔츠를 어깨로 젖힌 뒤 두 팔을 따라 끌어내리고는 위아래로 짝을 맞춘 빨간 레이스 속옷을 입은 채 내 앞에 서 있는 클로에를 바라보았다. 속옷은 매우 작았다.

"원하는 걸 말해."

나는 그녀의 머리를 뒤로 넘겨 목과 턱, 귀에 입을 맞추며 약간 절망적으로 말했다.

"내 물건? 입술? 손? 밤새 사랑을 나누고 싶은데, 도대체 어디에서부터 시작해야 하지? 몇 달 동안 못 봤더니 제정신이 아니야."

나는 클로에의 팔을 잡아 가까이 끌어당겼다.

"날 안아줘."

클로에는 팔을 내 목까지 올려 내 뺨을 감싸 쥐었다. 난 그녀의 떨림까지 느낄 수 있었다.

"베넷."

클로에가 나를 그렇게 부를 때에만 ― 그녀가 수줍어하거나 불안감을 느낄 때 ― '사랑해' 말고 다른 할 말이 있었다는 걸 생각해냈다. 내가 듣고 싶지 않은 어떤 얘기.

"뭔데?"

클로에의 눈이 커지더니 미안한 표정으로 내 눈을 살폈다.

"난 방금 논문 심사를 끝냈어."

"아, 이런. 내가 멍청했어. 근사한 저녁이나 다른 걸 해야 했는데…"

"… 줄리아와 세라에게 함께 외출하자고 약속을 했고."

"사랑을 나눈 뒤 저녁 먹으러 나가자."

내가 말을 이었다.

"논문 심사 끝나고 한잔하기로 했어요."

"난 당신이 느끼는 걸 보고 싶어. 그다음에 함께 외출하면…."

문득 그녀가 무슨 말을 하는지 알아채고 말을 멈췄다. "아니, 잠깐.

줄리아와 세라랑 같이 나간다고? 오늘 밤?"

클로에는 눈을 질끈 감고 고개를 끄덕였다.

"당신이 올 줄 몰랐어. 내가 얼마나 약속을 취소하고 싶은지 알아요? 하지만, 그럴 수 없어요. 그 친구들은 지난 몇 달간 내게 정말 잘해줬어요. 우리가… 그러는 동안에요."

나는 두 주먹을 눈에 가져다 대며 신음 소리를 냈다.

"왜 옷을 벗기기 전에 그 말을 하지 않은 거야? 내가 어떻게 지금 당신을 보낼 수 있겠어? 앞으로 몇 시간 동안 발기 상태일 거라고!"

"말하려고 했어요."

클로에를 변호하자면, 그녀 역시 나만큼 좌절감을 느끼는 듯 보였다.

"우리에게 시간이…."

나는 고개를 젓고는, 무슨 뾰족한 수를 생각해내려는 양 주변을 둘러보았다.

"으음… 2분이면 충분할 것도 같은데."

클로에가 웃었다.

"그게 그렇게 자랑할 일은 아닌 것 같은데요."

그렇긴 하다.

시간 따위는 신경 쓰지 않는다는 듯이 나는 그녀에게 키스를 퍼부었다. 혀와 이가 얽히자 클로에가 당황하며 숨을 가쁘게 몰아쉬었다. 몇 분이면 충분할 것 같았다.

그녀의 목을 쓰다듬던 손이 아래로 내려와 가슴 계곡을 지나 그녀의 배에 닿았다. 나는 더 아래로 내려가 따뜻하고 매끄럽고, 친숙하고 내가 좋아하는 장소를 찾았다. 무언가가 나를 제지했지만 알아차리지 못했다. 그녀의 존재가, 그녀가 내는 소리가, 그녀의 속삭임이 내게 계속하라고 부추기고 있었기 때문이다.

"베넷."

클로에가 속삭였다.

"제발."

나는 바지를 벗어 내리며 그녀에게 대답하려고 했다.

그 순간 문 두드리는 소리가 갑자기 끼어들었다.

익숙한 목소리가 통로에 울려 퍼졌다.

"우리 왔어. 진지한 대학원생 양! 우린 신나게 마실 준비가 되어 있다고!"

나는 클로에를 쳐다보며 말했다.

"아아, 사실이 아닐 거야. 이게 다 농담이라고 말해줘."

그녀는 고개를 저으며 미소로 대답했다.

"지금 농담할 기분이 아니라고. 장난치지 마, 제발."

"당신의 이런 모습을 보는 걸 내가 얼마나 좋아했는지 방금 생각났어요."

그녀는 속옷 차림 그대로 걸어가더니 문을 열자마자 재빠르게 침실로 들어가버렸다. 불청객을 나 혼자 맞이하게 놔두고 말이다.

얼마나 엿 같은 상황인가. 그녀는 불청객을 향해 이렇게 말했다.

"금방 나갈 테니 거기 좀 있어."

줄리아는 문턱을 넘으면서 휘파람을 크게 불더니 나를 보자마자 웃음을 터뜨렸다.

"와우. 속옷 차림으로 있을 거라고는 상상도 못했어, 클로에."

세라는 손으로 눈을 가리는 모양을 하면서 들어왔다. 그녀는 상의를 반쯤 풀어 헤친 내 모습을 발견하고는 손을 치우고 비명을 질렀다.

"라이언 씨!"

"안녕하세요, 아가씨들?"

나는 맥 빠진 목소리로 인사한 뒤 옷매무새를 바로 하고 타이를 바로 잡았다.

"어머, 우리가 방해했어?"

줄리아는 장난기 가득한 눈을 크게 뜨고 물었다.

"사실 그래. 우리는⋯ 다시 친해지고 있었거든."

클로에는 냉장고에서 샴페인을 꺼내 먹으라고 소리쳤다. 나는 내 지퍼 부분을 확인하는 줄리아의 눈길을 애써 무시하며 그녀가 나를 마음껏 보도록 가만히 서 있었다. 발기는 진즉에 가라앉아 있었다. ⋯ 적어도 대부분은.

침묵이 영원히 계속될 것같이 느껴져 내가 말을 꺼냈다.

"여자들만의 밤이 될 줄은 몰랐군요."

세라는 내 몸 아래쪽을 보지 않으려 애쓰면서 한 발 물러섰다.

"우리도 라이언 씨가 여기 있을 줄은 몰랐어요. 밤을 보내려고 말이죠."

그래, 나는 확실히 밤을 보내기 위해 여기 왔다. 클로에의 구석구석을 원하며.

줄리아가 잠시 나를 살펴보더니 미소 지었다.

"사실 난 라이언 씨가 여기 있을 거라고 확신했어요."

나는 미소로 답할 수밖에 없었다. 결국 클로에의 논문 심사에 가보라고 권한 건 그녀였으니까. 확실히 그녀는 내 편이다. 몇 억 년 만에 클로에와 같이 잘 수 있는 기회를 방해하고 있어도 말이다.

나는 손을 씻으려고 부엌으로 갔다. 줄리아가 따라와 내 뒤에서 샴페인을 땄다. 펑 하는 소리와 거품이 흘러넘치는 소리, 그리고 졸졸 술 따르는 소리를 들으니 클로에의 알몸에 저 술을 따라서 흘러내리는 거품을 마시고 싶다는 생각밖에 들지 않았다.

줄리아가 말을 이었다.

"축하하러 다 같이 나가면 될 거 같아. 그러면 베넷은 어쨌거나 자기가 원하는 걸 얻을 수 있을 거야."

그녀는 잔 네 개에 술을 따르고는 하나를 내게 건네며 말했다.

"좀 더 기다려야 해요…. 다시 '친해'지려면 말이에요."

클로에는 검은색 스키니 진과 끈 달린 검은색 힐에, 그녀의 살결을 황금빛으로 보이게 만드는 연파랑 탱크톱을 입고 나타났다.

그녀가 그렇게 입고 나오면 손 놓고 있을 방법이 없다.

"클로에."

나는 그녀에게 다가가 부엌 조리대에 샴페인 잔을 내려놓고 포니테일 형태로 묶은 그녀의 머리를 노려보았다.

그녀의 눈이 즐겁다는 듯 반짝거렸다. 그녀는 나만 들을 수 있는 작은 소리로 내 귀에 속삭였다.

"나중에 풀게 해줄게요."

"기대해도 좋아."

"움켜쥐고 싶어요? 잡아당기고 싶어요?"

내 귓불에 키스하며 그녀가 물었다. 나는 눈을 감고 고개를 끄덕였다.

"아니면 내가 자기 물건을 입에 넣고 있을 때 내 머리카락이 배를 간지럽히는 걸 느끼고 싶어요?"

나는 떨리는 손으로 샴페인 잔을 들고 쭉 들이켰다.

"그렇다고 하지."

하복부에 욕구가 똬리를 트는 게 느껴졌다. 무언가를 부수거나 아니면 클로에를 침실로 데려가 청바지를 벗겨버리고 싶은 충동을 느꼈다. 치즈에 와인을 마시며 여자들의 수다를 듣고 싶은 마음은 전혀 없었다. 내가 버틸 수 있을지도 의심스러웠다.

내 마음을 읽기라도 한 듯 클로에가 속삭였다.

"집에 돌아오면 즐거울 거예요."

"돌아올 수나 있을지 모르겠어."

그녀가 손가락으로 내 가슴을 살짝 긁었다.

"그 못된 표정이 너무 보고 싶었어요."

그 말을 무시하고 내가 물었다.

"나중에 우리 집으로 오는 게 어때? 친구들이랑 나가서 오늘 밤을 즐겨. 나중에 준비되면 그때 보자."

클로에가 발돋움해서 내 입술에 천천히 그리고 부드럽게 살짝 스치는 키스를 했다.

"크리스마스까지 눈앞에서 사라지게 하지 않을 거라는 호언은 어디로 간 거예요?"

***

춤추는 클럽에 갈 거라고 생각했다. 20달러짜리 음료수에 딱 붙는 검정색 드레스를 차려입은 이십 대 여대생들로 넘쳐나는, 그런 신나는 곳 말이다. 다트 판이 벽에 걸려 있고 줄리아의 말에 따르면 '일리노이주 최고의 맥주'를 판다는, 교외의 조용한 바에 갈 거라고는 결코 생각

참을 수 있겠니

하지 못했다.

보드카 김렛을 마실 수 있는 한, 그리고 클로에와 계속 살이 맞닿아 있는 한 그 밤이 그리 끔찍한 수준은 아니었다. 나는 세 여자를 따라 들어가 안쪽의 바까지 가는 동안 추파를 던지는 모든 얼간이에게 경고의 눈빛을 날렸다. 줄리아는 낡은 가죽 의자에 몸을 던지더니 바텐더에게 자기들에게는 늘 마시는 것을 주고 귀여운 남자에게는 핑크색 무언가를 달라고 소리 질렀다.

다시 생각해보니, 그 밤은 아주 긴 밤이 될 것 같았다.

내가 동행해서 신경이 약간 곤두선 듯 보이는 세라는 클로에의 맞은편에 앉아서 논문 심사에 관한 세세한 사항을 듣고 있었다. 클로에는 장학위원장 클라렌스 청에 대해, 내가 어떻게 불쑥 나타나 얼간이 짓을 했는지, 자신이 어떻게 발표하고 일자리 제의를 받았는지를 설명했다.

"제의는 두 건이었지."

나는 설명을 덧붙이며 우리 회사에서 한 제안을 받아들이기를 원한다는 내 의도를 전달하기 위해 클로에를 뚫어지게 쳐다봤다.

그녀는 눈만 굴릴 뿐이었지만, 우리는 그녀가 자랑스러운 미소를 짓는 순간을 놓치지 않았다. 맥주잔과 핑크빛 칵테일 잔을 들어 올리면서 우리는 클로에의 일이 잘 끝난 것을 축하하며 건배했다.

클로에는 내 옆에 맥주잔을 내려놓더니 자리에서 일어났다. "다트 게임 할 사람?"

세라가 손을 들더니 벌떡 일어섰다. 맥주 한 잔을 비운 클로에는 약간 취한 듯 사무실에서보다 훨씬 느긋한 태도를 보였다. 난 그녀의 몸매를 눈으로 훑었다. 딱 붙는 그 옷을 입고 다트를 하는 그녀의 움직임을 상상하니 흐뭇했다.

"자기도 올래요?"

그녀는 몸을 숙여 내 팔을 가슴으로 눌러대며 물었다.

빌어먹을 애태우기다.

"응. 곧 따라갈게."

그녀의 입술을 잠시 쳐다본 뒤 눈길을 가슴으로 옮겼다. 얇은 천 조각 아래 그녀의 젖꼭지가 도드라져 보였다.

웃음소리에 다시 입술을 쳐다보니 그녀가 즐겁다는 듯 입을 오므려 내밀었다.

"베넷, 좀 긴장했어요?"

"베넷은 많이 긴장했지."

나는 그녀를 다리 사이로 끌어당기며 귓가에 입을 맞추었다. 인내심을 갖고 그녀가 이 밤을 즐기게 놔두고 싶었지만, 원래 참을성이 강한 편은 아니다.

"베넷은 클로에가 홀딱 벗고 그의 물건을 만지작거렸으면 해."

그녀가 킥킥대더니 세라의 팔짱을 끼고 춤을 추며 바의 뒤쪽으로 갔다.

줄리아가 내 어깨에 손을 얹고 클로에가 듣지 못할 거리에 있는지 재빨리 확인하고는 말했다.

"잘했어요."

나는 대부분 사람들과 사적인 문제로 대화하는 걸 꺼렸다. 그리고 모든 주제 중 가장 사적인 이 문제는 남과 대화하기 가장 싫은 것이었다. 하지만 줄리아는 클로에를 위해서 나를 찾아오는 수고를 아끼지 않았다. 그녀는 자격이 있다.

"전화해줘서 고마워요."

내가 말했다.

"하지만 어쨌거나 난 클로에를 찾아갔을 겁니다. 더 이상 버틸 수 없었으니."

줄리아는 맥주를 한 모금 마셨다.

"베넷, 당신이 클로에와 닮은 데가 있다면 다음 기회를 노렸을 거라고 생각했어요. 내가 전화한 건 당신이 행동을 취하고 멋진 개자식이 될 용기를 가지기 바라서였어요."

"내가 그렇게 개자식은 아닙니다."

나는 인상을 찌푸리며 거듭 말했다.

"그렇지 않다고 생각해요."

"아니에요."

줄리아가 느린 말투로 대답했다.

"당신은 우유부단 그 자체예요."

난 그 말을 무시하고 빌어먹을 핑크빛 칵테일 잔을 들어 다 비우고 말했다.

"클로에는 오늘밤 행복해 보이는군요."

줄리아는 혼잣말을 하듯 중얼거렸다.

"클로에는 말랐어."

나는 그녀가 다트를 던질 자세를 취하는 걸 보고 있었다. 정말로 행복해 보였고, 그 때문에 나는 짜릿함을 느꼈다. 하지만 그녀의 몸에 일어난 변화는 무시할 수가 없었다.

"너무 말랐어."

고개를 끄덕이며 줄리아가 말했다.

"운동도 너무 많이 하고, 일도 너무 많이 해요." 말을 덧붙이기 전 그녀는 잠시 내 눈을 살폈다.

"좋지 않아, 베넷. 클로에는 위기 상황이에요."

"나도 그렇소."

그녀는 장난기 어린 미소로 인정했다.

"어쨌거나 앞으로 며칠 동안 클로에를 침대에 붙잡아두려면, 확실히 잘 먹이도록 해요."

난 고개를 끄덕이며 다트 게임하는 쪽을 쳐다보았다. 내 여자 친구는 몇 바퀴 돌고 나서 조준한 뒤에 헛손질을 했다. 그녀와 세라는 킬킬대다가 몇 마디 나누고는 더 큰 웃음을 터뜨렸다.

클로에가 주크박스에서 롤링스톤스의 노래를 고른 뒤 리듬을 타며 춤을 추고 있을 때 그녀에 대한 내 사랑의 무게가 몸속 깊이 따뜻하게 자리 잡는 걸 느꼈다. 두 달 동안의 헤어짐은 우리 앞에 놓인 거대한 계획에 비춰보면 아무것도 아니지만 공백이 크게 느껴졌다. 그녀와 더 오래 함께하며 그 공백을 채워나가고 싶다.

다시 돌아가 더 가까워져야 했다. 바텐더에게 손짓하며 "계산!"이라는 입 모양을 하자 줄리아가 나를 쳐다보았다.

줄리아는 경고의 의미로 내 팔을 잡으며 말렸다.

"일을 망치지 마세요. 클로에는 독립적인 여자이고 스스로 지금까지 잘해왔어요. 걘 자기가 얼마나 당신을 필요로 하는지 고백하는 그런 여자가 아니에요. 하지만 얼마나 원하고 있는지를 보여주긴 할 거예요. 클로에는 말이 아니라 행동으로 보여주는 여자니까. 난 열두 살 때부터 클로에를 알았어요. 당신은 클로에랑 잘 맞아요."

부드러운 두 팔이 뒤에서 내 허리를 감싸 안았다. 클로에가 내 목깃 사이로 키스를 했다.

"무슨 얘기 중이야?"

"축구."

동시에 줄리아도 대답했다.

"정치."

클로에는 깔깔거리더니 내 팔 안쪽으로 파고들어 나를 안았다.

"내 얘기 하고 있었죠?"

"응."

우리는 둘 다 인정했다.

"그리고 내가 얼마나 엉망이었고, 오늘밤 당신이 얼마나 행복해 보이는지, 그리고 이번에는 아무것도 망치지 않을 수 있는지."

내가 덧붙였다.

줄리아가 나를 쳐다보고는 자기 맥주잔을 들어 올리며 내게도 한 잔 주었다. 조용히 잔을 들어 건배 동작을 취하고는 우리 둘을 남겨놓고 자리를 떴다.

클로에는 갈색 눈동자를 내게 고정시켰다.

"줄리아가 내 비밀을 모두 얘기했어요?"

"전혀."

나는 맥주를 들이켠 뒤 그녀를 끌어안았다.

"이제 갈까? 당신이랑 너무 오랫동안 헤어져 있어서 견딜 수 있는 공유의 한계치에 도달한 것 같아. 이젠 당신을 독점해야겠어."

클로에가 웃자 내 품 안에서 그녀의 몸이 흔들렸다. 그녀가 내 귀에 조용히 속삭였다.

"당신은 원하는 게 많아요."

"내가 원하는 걸 정직하게 말할 뿐이야."

"그렇다면 좋아. 좀 더 구체적으로 말해요. 진짜 원하는 게 뭐죠?"

"내 침대에 무릎 꿇었으면 좋겠어. 난 당신을 땀 흘리게 만들고 또 애원하게 만들고 싶어. 그리고 내가 마실 수 있을 만큼 흥건하게 젖기를 원해."

"쳇."

그녀는 끝내주는 목소리로 속삭였다.

"난 이미 젖어 있어요."

"멋져요, 밀스 양. 내 차에서 한판 하자."

2

내가 운전대를 잡고 있는 동안 클로에의 손은 온갖 곳을 여행했다. 내 허벅지, 내 물건, 내 목, 내 가슴. 집까지 안전하게 운전할 수 있을지 자신이 없었다.

그녀가 내 오른팔을 들고 몸을 숙여 바지 지퍼를 내린 뒤 팬티에서 물건을 꺼내 혀를 길게 늘여 핥았을 때는 특히 위험했다. 난 그녀를 집에 데려다주고 싶었지만 그녀를 갖고 싶기도 했다.

"오, 하느님."

그녀는 내 물건을 입에 삼키기 전에 속삭였다. 나는 느리게 진행하는 차선으로 변경하면서 중얼거렸다.

"할렐루야."

다시 모든 게 완벽했다. 클로에의 손과 입이 번갈아 수고를 했고 나를 느끼는 것 외에 다른 건 전혀 원하지 않는다는 듯한 작은 신음 소리가 내게 진동을 전달하며 세계에 울려 퍼졌다. 그녀는 내가 거의 정신을 잃기 직전까지 천천히 오랫동안 빨아들인 뒤 살짝 간지럽히듯 핥으며 짙은 속눈썹 사이로 나를 올려다보았다. 그녀는 언제나 그랬던 것처럼 내 상태를 읽을 수 있었고, 언제 멈춰야 하는지, 언제 더 빠르고 거칠게 움직이며 물건을 꽉 쥐어짜야 하는지를 잘 알았다. 나를 현기증 나게 만드는 건 그녀 자신의 흥분이었다.

클로에의 눈빛은 더 짙어져 애원하는 듯했고, 숨소리는 점점 더 거칠어졌다. 그녀가 내는 모든 소리가 나를 미치게 만들었다. 곧 나는 운전대를 꽉 쥐고 숨을 헐떡이며 애원했다. 마침내 그녀의 입안에 모든 걸쏟아 내며 소리를 질러댔다.

어떻게 집까지 차를 끌고 왔는지, 어떻게 주차했는지 기억도 나지 않지만 손을 덜덜 떨면서 어떻게든 돌아왔다. 그녀는 내 배꼽에 키스한 뒤 이마를 내 허벅지에 올려놓았다, 차도 엔진을 멈추고 조용해졌다. 재결합 이후의 첫 관계는 정확히 내가 상상했던 대로는 아니었다. 하지만 서로 빠르게 달아오른 과정은 우리에게 어울리는 것이긴 했다.

클로에가 내 팔을 밀어내며 자기 자리에 앉았을 때 나도 좌석을 움직여 바지 지퍼를 올리고 허리띠를 다시 맸다.

"도대체 왜?"

그녀가 창밖을 보더니 물었다. 당황한 목소리가 내 욕망이 만들어 낸 뿌연 김 사이로 퍼져 나갔다.

"당신 집이에요? 왜 여기로 온 거죠?"

"당신 집으로 가고 싶어?"

어깨를 으쓱하며 그녀가 말했다.

"그럴 거라고 생각했을 뿐이에요. 여긴 내 물건이 전혀 없잖아요."

"당신 집에도 내 물건은 없어."

"하지만 우리 집에는 여분의 칫솔이 있어요. 칫솔 남는 거 있어요?"

도대체 무슨 얘기를 하는 거지?

"내 걸 쓰면 되잖아. 뭐가 문제야?"

한숨을 쉬더니 그녀가 문을 열며 내뱉었다.

"하여간 남자란."

"분명히 해두겠는데."

차에서 내려 클로에의 뒤를 따르며 내가 말했다.

"내가 당신을 여기 데려온 건, 샌디에이고에 같이 있을 때부터 데려 오고 싶은 곳이었기 때문이야. 난 당신을 내 침대 머리맡에 묶고 찰싹 찰싹 때려주고 싶었어. 그 모든 일을 겪고 난 지금, 난 다시 그걸 원해."

클로에는 현관에 잠시 서 있었다. 그녀가 돌아서서 나를 볼 때까지의 몇 초가 아주 길고 혼란스럽게 느껴졌다.

"지금 뭐라고 했어요?"

"내가 더듬거리기라도 했나?"

나는 되물었지만, 그녀가 계속 쳐다봐서 설명을 덧붙였다.

"그래. 내가 못된 놈이어서 우리가 헤어졌지. 하지만 당신도 마찬가지였다고."

클로에의 눈이 가늘어지더니 눈빛이 짙어졌다. 그녀가 터뜨릴 반격을 기대하며 반쯤은 겁먹고 반쯤은 흥분했다. 그녀는 나를 현관문까지 밀어붙이더니 내 넥타이를 잡아채고 자기 쪽으로 잡아당겼다. 그 바람에 내 얼굴이 그녀와 비슷한 높이가 되었다. 그녀의 짙은 눈동자가 불타고 있었다.

"열쇠 내놔요."

아무 질문 없이 나는 순순히 주머니를 뒤져 열쇠고리를 꺼낸 뒤 그녀가 내민 손에 올려놓았다.

클로에는 척 보고 현관 열쇠를 제대로 찾아냈다.

그리고 문을 여는 방법을 설명하려는 내 입을 갑작스레 손가락으로 막았다.

"쉿. 가만있지 못해요?"

나는 도대체 무슨 일이 벌어지는지 이해하려고 애썼다. 클로에는 자신이 나를 버리고 간 방식을 두고 내가 그녀를 놀릴 거라고 예상하지 못한 것이 분명하다. 어쩌면 우리가 재결합하며 회의실에서 나눈 대화로 모든 것이 정리됐다고 생각했는지도 모른다. 나도 몇 가지 측면에서는 그렇다고 생각한다. 그녀의 사과를 바라지 않았고 내가 사과를 더 하고 싶은 생각도 없었다. 하지만 우리가 결별했던 몇 달은 형편없는 나날이었기에 그것에 대한 대화가 모두 끝났다고 느껴지지도 않았다.

열쇠를 구멍에 꽂아 넣을 때 클로에는 더듬거리지도 않았다. 친숙한 찰칵 소리와 함께 그녀가 문을 열고 나를 문지방 너머로 밀었다.

"거실로 곧장 가자."

내가 제안했다.

"아니면 침대로 가든가."

나를 거실로 끌고 가는 클로에의 시선이 내 얼굴과 내 넥타이를 쥔 손, 내 뒤쪽 집 안 풍경을 오갔다. 어찌 되었건 그녀가 내 집을 보는 건 처음이었다.

"괜찮네."

그녀는 나를 어떻게 할지 결정이라도 내린 듯 잡아끌면서 속삭였다.

"깔끔하고… 당신다워요."

"고마워."

나는 웃으며 대답했다.

"나도 그렇게 생각해."

갑자기 그녀는 자신이 모종의 이유로 내게 벌을 주고 있다는 사실을 기억해낸 듯 엄격한 표정을 지었다.

"여기서 기다려요."

클로에가 사라지자 나는 그녀가 무얼 하는지 따라가서 보고 싶은 유혹을 느꼈지만, 그녀의 지시를 충실히 따랐다. 몇 초 지나지 않아 그녀는 등받이가 높은 식탁 의자를 들고 돌아왔다. 내 뒤에 그 의자를 놓더니 앉으라는 듯 내 어깨를 밀었다.

다시 내게서 돌아선 그녀는 오디오 시스템을 확인하고, 리모컨을 찾아 들고는 버튼을 훑어보았다.

"켜는 버튼은….."

"쉿."

클로에는 돌아보지도 않은 채 한 손을 들어 나를 조용히 만들었다.

나는 턱에 힘을 주고 입을 꽉 다물었다. 그녀는 내 인내심을 시험하고 있었다. 그녀가 얌전히 앉아 있으라고 지시하지 않았다면, 그녀가 일종의 게임을 하려 한다는 걸 몰랐다면, 나는 벌써 그녀를 때려주려고 바닥에 엎드리게 한 뒤 엉덩이를 높이 치켜들라고 했을 것이다.

잠시 후 부드러운 심장박동 같은 리듬이 여성의 허스키한 목소리를 싣고 방을 채우기 시작했다. 클로에는 스테레오 앞에서 잠시 머뭇거렸다. 그녀가 불안한 듯 깊이 숨을 쉬자 어깨가 들썩거렸다.

"자기, 이리 와."

클로에가 음악 사이로 내 목소리를 듣기 바라며 작게 속삭였다.

그녀는 돌아서서 내게 와서는 허벅지가 내 무릎에 닿을 정도로 가깝게 섰다. 내 얼굴이 그녀 가슴에 닿았다. 나는 셔츠 위로 그녀 가슴에 키스하려고 몸을 앞으로 기울였다. 하지만 그녀가 내 어깨를 잡아 밀었기 때문에 다시 똑바로 앉아야 했다.

"당신이 밖에서 한 얘기…."

그녀가 속삭였다.

"그 얘기를 좀 더 해야겠죠?"

"그래."

"하지만 지금 내키지 않는다면 당신 방에 가서 당신이 원하는 모든 걸 해도 돼요."

클로에는 마음을 읽으려는 듯 내 얼굴을 물끄러미 바라보았다.

"얘기는 나중에 해도 돼요."

"당신이 원하면 무슨 얘기라도 할 수 있어."

나는 침을 삼키며 그녀에게 미소 지었다.

"그다음에 당신을 침대로 데려가 원하는 걸 할게."

꽉 조인 넥타이 때문에 숨을 가다듬지도 못하고 있었다. 셔츠의 맨 위 단추까지 숨이 차올랐지만 그녀는 내 손을 잡아끌어 내리고는 말없이 질문하듯 눈썹을 움직였다.

클로에는 천천히 넥타이를 풀어 권투 선수처럼 손에 감았다. 나는 그녀가 보여주는 박력에 흥분되어 내 팔을 의자 양쪽으로 가져가는데도 전혀 눈치채지 못했다. 내 물건은 불편할 정도로 단단해졌고 나는 자세를 조정하기 위해 엉덩이를 들썩거려야 했다. 그러는 동안 심장은 갈비뼈 안쪽에서 쿵쾅거렸다. 도대체 뭘 하려는 거지?

"사랑한다고 말해줘요."

그녀가 속삭였다. 내 심장이 미친 듯이 달리기 시작했고 혈관 속으로 피가 쏟아졌다.

"사랑해. 미친 듯이. 난…."

이 장면을 수천 번이나 상상했지만 압박감이 너무 심해서 말이 숨 가쁘게 터져 나왔다. 다시 깊은 숨을 내쉰 뒤 눈을 감고 속삭였다.

"난 당신을 미친 듯이 사랑해."

"하지만 내가 떠났을 때 내게 화를 냈잖아요?"

배가 죄어왔다. 이건 싸움의 시작일까? 좋은 방향으로? 나쁜 방향으로?

클로에는 내게 몸을 기대더니 턱과 입술, 뺨에 키스했다. 그녀는 미끄러지듯 입술을 내 귀에 가져다 대었다.

다음 순간 손목이 잡아당겨지는 걸 느꼈다. 그녀가 넥타이를 이용해 내 등 뒤로 양손을 묶은 것이다.

"이제 됐어."

그녀가 말했다.

"걱정 말아요. 그 일에 대해 얘기하고 싶은 것뿐이니까."

그녀는 그 일에 대해 대화하길 원했다. 그녀가 떠나서 내가 어떻게 되었는지, 얼마나 화가 났는지를 편안하게 듣고 싶어 했다. 그런데 먼저 나를 묶어야만 했을까? 나는 미소 지으며 그녀의 입술을 훔쳤다.

"그래. 난 당신에게 화가 났어. 물론 가슴이 찢어졌지만, 화가 난 것도 사실이야."

"왜 화가 났는지 말해봐요."

그녀의 입술이 내 입술에서 목으로 내려가며 멀어져갔다. 내가 어떻게 말해야 하나 궁리하는 동안 그녀는 내 살을 핥고 빨았다.

우리의 결별이 백만 년 전의 일처럼 느껴졌다. 하지만 그건 오늘 아침까지의 일이었다. 그녀가 여기, 내 무릎에 올라타서 키스하고 있다는 사실이 그 일들을 먼 고대의 일처럼 느껴지게 했다. 하지만 그녀가 나를 떠났을 때의 기억이 내 가슴을 쥐어짜자, 다시 그 일이 생생하게 느껴졌다.

"당신은 내가 설명하거나 사과할 기회를 주지 않았어. 나는 전화를 했어. 당신이 사는 곳도 찾아갔지. 일을 되돌리기 위해서라면 모든 걸 할 수 있었어."

그녀는 아무 말이 없었다. 자신을 변명하려고도 하지 않았다. 그 대신 그녀는 일어서서 몇 발자국 물러나더니 힐의 조임쇠를 풀었다. 힐을 벗은 그녀가 다시 돌아와 내 얼굴을 가슴에 묻고 손가락으로 내 머리를 쓰다듬기 시작했다.

"애증 관계에서 사랑하는 단계로 넘어가는 게 쉽지 않다는 건 우리 둘 다 알고 있었어."

나는 그녀의 탱크톱에 대고 말하고 있었다.

"그리고 내가 관계를 망치자마자 당신이 나를 떠났지."

클로에는 청바지 단추를 풀더니 천천히 지퍼를 내렸다. 진이 다리를 타고 아래로 벗겨 내려갔다. 몇 초 뒤에는 바지 옆에 그녀의 상의가 놓였다. 브래지어와 작은 빨간 레이스 팬티만 입은 채로 그녀가 내 앞에 섰다. 어두운 방에서 그녀의 피부는 마치 비단처럼 빛났다.

하고 싶다. 하고 싶다. 하고 싶다. 하고 싶다.

"난 겨우 내가 당신을 사랑하고 있다는 사실을 알아차렸고, 사랑한 시간도 얼마 되지 않았는데, 갑자기 당신이 사라졌지."

내가 너무 막 나간 게 아니길 바라며 클로에를 올려다보았다. 그녀는 다시 내 무릎 위에 미끄러지듯 앉았고, 나는 그녀의 탄탄한 허벅지를 만지기 위해 두 손의 자유를 그 무엇보다 원했다. 하지만 그녀의 허벅지가 내 물건 바로 몇 센티미터 떨어진 곳에 머물러 있는 걸 그저 보고만 있어야 했다.

"미안해요."

그녀가 속삭였다. 나는 놀라서 눈을 깜빡였다.

"그땐 그게 필요한 일이었기 때문에 과거를 바꿀 생각은 없어요. 하지만 그게 당신에게 상처를 줬다는 건 알아요. 그리고 당신을 내친 건 공정하지 못했다는 것도."

난 고개를 끄덕이면서 그녀가 다가와 키스해주기를 바라며 턱을 내밀었다. 그녀의 입술이 내 입술을 덮었다. 부드럽고 촉촉했다. 그녀의 입술 사이로 작은 신음 소리가 흘러나왔다.

"오늘 아침에 찾아와서 고마워요."

그녀의 말에 내가 물었다.

"날 받아주려고 했어?"

"응."

"언제?"

"내일 아침. 발표를 끝낸 다음에. 일주일 전에 결심했어요."

내가 신음 소리를 내며 키스하려고 몸을 앞으로 숙였다. 하지만 클로에가 몸을 활처럼 뒤로 휘는 바람에 그녀의 턱과 목에 겨우 키스할 수 있었다.

"헤어진 동안 다른 사람 만났어요?"

나는 멈춰서 그녀를 멍하니 쳐다봤다.

"뭐? 그거 진지한 질문이야? 아니."

그녀의 얼굴에 미소가 퍼졌다.

"그냥 듣고 싶었을 뿐이에요."

"다른 남자가 당신 몸에 손을 댔다면, 클로에. 하느님께 맹세코 난…."

"진정해요, 방아쇠."

그녀는 손가락 두 개로 내 입술을 눌렀다.

"그런 사람 없었어요."

눈을 감고 그녀의 손가락에 키스한 뒤 고개를 끄덕였다. 불쾌한 이미지가 천천히 내 머릿속에서 증발했지만 내 심장은 조금도 느려지지 않았다.

다음 질문을 하려는 그녀의 숨결이 목에 와 닿았다.

"내 생각 했어요?"

"매 순간 몇 번씩이나."

"나랑 하는 상상도?"

갑자기 모든 낱말이 머릿속에서 미끄러져 달아났다. 그저 이 미묘하고 조용한 순간에 그녀를 무척이나 강렬하게 원할 뿐이어서 그녀가 내 속옷을 벗기자마자 사정할 것 같은 두려움을 느꼈다.

"처음에는 아니었지만."

겨우 정신을 가다듬었다.

"몇 주 지나면서부터."

"자위하면서 나를 생각했어요? 나한테 하듯이 손동작을 하면서?"

그녀의 얼굴이 궁금한 표정에서 포식자의 얼굴로 바뀌는 걸 지켜보며 대답했다.

"응."

"쌌어?"

"오, 제발, 클로에."

그녀에게 괴롭힘을 당하는 게 이렇듯 뜨거운 일이었나? 클로에는 내 대답을 기다리며 눈도 깜빡하지 않았다. 그저 날 지켜볼 뿐이었다.

"말해요."

웃음을 참을 수 없었다. 그녀는 늘 이렇게 남자를 괴롭히는 여자다.

"여러 번. 하지만 그다지 만족스럽진 않았어. 당신이 내 머릿속에 들어와 있는데, 그건 위안이 되면서도 절망을 안겨줬으니까."

"나도 그랬어요. 당신을 그리워하면서도 상처를 받았어요. 일하면서도 당신이 그리웠어요. 집에서, 침대에서, 견딜 수가 없었죠. 내가 당신을 잊을 수 있는 유일한 순간은⋯."

"달릴 때뿐이었겠지."

내가 속삭였다.

"그동안 너무 말랐거든."

그녀의 눈썹이 치켜 올라갔다.

"당신도 그래요."

"또 난 너무 마셨어."

우리 둘이 경쟁하는 게 아니란 걸 알려주기 위해 나는 순순히 인정했다. 그녀가 더 잘 견뎌냈다고 입증할 필요가 없었다. 그랬을 거라는 걸 잘 알고 있으니까.

"우리가 헤어진 첫 달은 여전히 아픈 기억으로 남아있어요."

"당신이 어떤 몰골인지 세라가 말해줬어. 내가 당신을 떠나 있는 건 할 짓이 아니라고 했어."

클로에는 놀라서 눈썹이 올라갔다. 진짜로? 세라가 그렇게 말했다고?

"당신은 당신에게 필요한 일을 했지."

그녀는 몸을 뒤로 빼어 내 상반신을 훑어보더니 다시 눈을 바라보았다. 그녀가 다소 놀라는 게 신기했다. 약간은 어지러워하는 것처럼도 보였다.

"당신은 내가 당신을 묶도록 허락했어요."

나는 그녀를 쳐다보았다.

"물론이지."

"그럴 거라는 확신이 없었거든요. 내가 당신을 괴롭혔다고 생각했어요. 그래서 거절할지도 모른다고 생각했어요."

"클로에. 당신을 처음 봤을 때부터 난 당신 거였어. 당신이 원했다면 회의실에서도 날 묶게 해줬을 거야."

그녀가 한쪽 입꼬리만 올려 살짝 웃었다.

"당신이 원했어도 난 허락하지 않았을 거예요."

"좋아."

나는 키스하려고 몸을 앞으로 내밀었다.

"당신이 나보다 더 똑똑하니까."

그녀는 일어서서 브래지어를 풀었다. 팔에서 흘러내린 브래지어가 펄럭이며 바닥에 떨어졌다.

"전부터 우리 둘 다 그걸 알고 있었다고 생각하는데요."

그녀를 원하는 욕망은 만성적이고 심한 일종의 통증과도 같았다. 너무나 단단하게 발기해서 맥박을 느낄 수 있을 정도였다. 눈앞에 보이는 광경의 채색이 너무 강렬하다는 느낌도 들었다. 그녀의 붉은 팬티와 붉은 입술, 갈색 눈동자, 부드러운 상아색 피부. 그녀 몸속으로 들어가고 싶은 욕망이 너무나 강렬해 몸이 비명을 질렀지만 내 뇌는 상황을 적극적으로 즐기고 있었다.

"당신을 느끼게 해줘."

클로에는 내게 돌아와 가슴을 내 입에 내밀었다. 나는 몸을 내밀어 젖꼭지를 물고 혀로 가볍게 건드렸다. 그녀가 갑자기 일어나 물러서더니 등을 돌리고는 어깨 너머로 사악한 미소를 지었다.

"뭘 하려는 거야, 이 귀여운 악마?"

나는 헐떡거렸다. 그녀는 허리춤에 있는 레이스 팬티에 양손 엄지손가락을 걸더니 엉덩이를 흔들며 팬티를 끌어내리기 시작했다.

오, 안 돼. 제발.

"어디서 감히!"

나는 그녀가 단단하게 묶은 매듭을 팔을 확 잡아끌어 풀어버린 뒤 폭풍 구름처럼 우뚝 섰다.

"침대로 가서 누워 있어. 팬티를 벗어버리면 난 혼자서 해버릴 거고, 당신은 누워서 내가 혼자 끝내는 걸 보게 될 거야."

그녀의 눈이 어두운 방의 그림자를 담으면서 커지더니, 아무 말 없이 내 침대로 재빠르게 뛰어갔다.

***

이 기억과 함께 그 하루는 공식적으로 막을 내렸다. 그날 밤은 지금까지의 내 삶에서 가장 뜨거운 밤이었고, '한 번 시도해볼까'에서 '서로에게 헌신하는' 관계가 시작된 날이었다. 그녀가 약자의 입장에서 명령하는 입장으로 바뀐 것, 그리고 침실에서는 역할을 바꿔 그녀를 침대에 묶고 몸 구석구석을 맛볼 수 있게 해준 것은 정말 최고였다.

어떻게 하면 다시 그런 나태한 밤을 보낼 수 있을지에 대해 내가 아무런 대책이 없다는 걸 깨닫고 신음 소리를 냈다. 휴재전화를 들었다.

'점심 어때?'

문자메시지를 보냈다.

'안 돼요.'

클로에가 답문했다.

'12시부터 3시까지 더글러스와의 회의.'

실망이다.

시계를 보았다. 11시 36분이다. 전화를 다시 책상에 올려놓고 잡지에 실릴 기사를 다시 쓰기 시작했다. 내가 정말이지 쓸모없는 녀석이라는 걸 나도 잘 안다.

약 2분 후 나는 전화를 다시 들고 그녀에게 문자를 보냈다. 이번에는 우리의 비밀 암호를 사용했다. 배트맨을 부르는 고담 시의 박쥐 신호다.

답문이 곧바로 왔다.

'가고 있어요.'

***

바깥쪽 문이 열렸다가 닫히며, 사무실 바깥쪽 방을 가로지르는 클로에의 발소리가 들렸다. 그 방은 원래 클로에가 있던 곳이다. 하지만 MBA를 마치고 라이언 미디어 그룹에 돌아온 그녀에게 자신만의 사무실이 생겼다. 그 결과 바깥쪽 방은 현재 비어 있다. 다른 비서들과 일해보려고 시도했지만 잘되지 않았다. 앤드리아는 항상 울어버리는 타입이고 제시는 책상을 펜으로 툭툭 치는 버릇이 있어서 딱따구리처럼 성가셨다. 브루스는 타이핑을 못했다.

확실히 클로에는 내가 인정했던 것보다 '나를 견딜 수 있는' 성인의 자질을 더 많이 갖춘 사람이었다.

사무실 문이 열리고 그녀가 눈썹을 모으며 들어왔다. 박쥐 신호는 회사에서 위기를 알리기 위해 사용해온 것이기 때문에 내가 오버한 게 아닌가 잠시 불안했다.

"무슨 일이에요?"

클로에가 한 걸음 거리까지 와서 팔짱을 끼고 서서 물었다. 나는 그녀가 전문가로서 나를 위해 함께 싸워줄 동료의 자세를 갖추고 왔다는 걸 알아차렸다. 하지만 나는 좀 더 개인적인 싸움을 함께 하기 위해 그녀를 원했다.

"일과는 관련이 없어."

나는 턱을 만지며 말했다.

"나는….."

뜸을 들이며 클로에의 얼굴 구석구석을 살폈다. 약간 가늘게 뜬 그녀의 눈은 집중하고 있다는 표시였고, 살짝 모인 그녀의 입술은 신경 쓰고 있다는 뜻이었다. 그리고 피부는 언제나처럼 매끄러웠다. 물론 내눈은 그녀가 잘 모아놓은 그녀의 가슴으로 향했다… 아, 젠장.

"지금 가슴을 보고 있는 거예요?"

"응."

"내 젖꼭지가 보고 싶어서 박쥐 신호를 보냈어요?"

"진정해, 폭죽. 당신이 그리워서 신호를 보낸 거야."

팔짱을 끼고 있던 그녀의 팔이 내려가더니 스웨터의 밑단을 매만졌다.

"그사이에 내가 그리웠다고요? 어젯밤도 같이 보냈으면서?"

"그래."

내가 잘 알고 있는 그녀의 성격이다. 본능적으로 자기 보호를 위해 한 발 물러서는.

"주말에도 같이 있었어요."

"그랬지. 물론 당신과 나, 그리고 줄리아, 스콧도."

그녀에게 기억을 환기시켰다.

"헨리와 미나도 있었지. 우리 둘만은 아니었어. 우리가 원했던 것만큼은 말이야."

클로에는 고개를 돌려 창밖을 보았다. 몇 주 만에 처음으로 완벽한 오후였다. 그리고 나는 그녀를 밖으로 데리고 나가서… 젠장.

"최근 나는 당신을 늘 그리워하고 있다고 느꼈어요."

그녀가 속삭였다.

내 가슴에 있던 앙금이 조금 풀렸다.

"당신도 그랬어?"

고개를 끄덕이며 그녀가 돌아섰다.

"최근 당신의 여행 스케줄은 정말 엿 같았어요."

그녀가 몸을 앞으로 기울이며 눈썹을 찡그렸다.

"그리고 아침에는 굿바이 키스도 해주지 않았고."

"했어."

내가 웃으며 말했다.

"당신이 깨지 않았을 뿐이지."

"그런 건 치지 않아요."

"지금 싸우려는 건가요, 밀스 양?"

그녀는 어깨를 으쓱하더니 애써 웃음을 참으며 나를 면밀히 살폈다.

"싸우는 대신 10여 분 정도 내 물건을 빨아줄 수 있을 것 같은데."

그 말이 끝나기가 무섭게 클로에는 가까이 다가서더니 내 목에 팔을 두르며 내 목에 얼굴을 묻었다.

"사랑해요."

그녀가 속삭였다.

"그저 내가 보고 싶어서 비상 신호를 보낸 것도 좋았어요."

나는 한참 동안 아무 말 못하고 있다가 잠긴 목소리로 겨우 한마디 했다.

"나도 사랑해."

클로에가 감정 표현을 억누르는 건 아니었다. 그녀는 늘 표현했다. 우리 둘만 있을 때 그녀는 내가 아는 한—특히 육체적으로—표현력이 가장 풍부한 여성이다. 하지만 내 감정을 자주 그녀에게 드러낸 것에 비해 그녀가 "사랑해"라고 말한 것은 열 손가락으로 셀 수 있을 정도였다. 그 말을 더 해주기를 꼭 원한 것은 아니지만, 그녀가 그 말을 할 때마다 그 효과는 내가 생각한 것보다 더 크고 깊었다.

"진지하게 말하는 건데 말이야."

나는 평정심을 찾으려 애쓰며 속삭였다.

"아마도 책상 위에서 빠르게 한 번 하는 게 필요한 것 같아."

그녀는 웃으며 내 목에 대고 있는 그녀의 목을 가로젓고는 우리 둘 사이에 손을 집어넣어 내 물건을 손바닥으로 감쌌다. 나는 이런 게임을 잘 알고 있었다. 그녀가 부드러운 경고로 나를 흥분시키는 것처럼 이럴 때면 나도 그녀를 환상의 세계로 이끌 수 있다. 하지만 어떤 위험을 느끼게 하는 시선으로 나를 보는 대신 그녀는 내 목을 핥으며 속삭였다.

"더글러스와 회의할 때 섹스한 냄새를 풍기긴 싫어요."

"당신에게서 항상 섹스의 냄새가 풍긴다고 생각하지 않아?

"난 당신과 같은 냄새는 나지 않아요."

그녀는 맞받아치고는 다시 내 목을 핥았다.

"제장."

사무실에서 장난질을 치기 시작한 이후로 시간이 많이 지났고, 나는 너무나 그녀를 느끼고 싶었다. 나는 바지를 아래로 끌어내리고 클로에의 스커트를 엉덩이 위로 걷어 올린 다음 그녀를 책상에 잔뜩 쌓인 서류들 위로 넘어뜨리고 싶었다.

자애롭게도 그녀는 내 턱에 키스한 뒤 나를 바닥에 부드럽게 밀어 넘어뜨리고는 치마를 살짝 걷어 올린 뒤 얌전하게 내 앞에 무릎을 꿇었다.

하지만 기대한 대로 움직이지는 않았다. 바닥에 무릎을 꿇은 그녀는 치마를 엉덩이 아래쪽까지만 걷어 올렸다. 그녀는 한 손을 자신의 다리 사이에 집어넣고 다른 한 손으로 내 벨트와 지퍼를 풀었다. 내 물건을 재빠르게 꺼내 주저 없이 입에 삼켰다. 나는 눈을 감고 마음을 가라앉히려고 애썼다. 이미 발기한 상태였지만 그녀가 건드리자 더 크게 부풀어 올랐다. 따뜻하고 촉촉한 입속으로 내 물건이 들락날락거렸다. 그녀가 혀를 움직일 때마다 물건이 더 단단해졌다.

클로에가 내뿜는 숨이 배꼽을 간질였다. 그녀가 바닥에 무릎 꿇고 손가락으로 자신을 만지는 소리가 들렸다.

"자위하고 있어?"

그녀가 가볍게 고개를 끄덕였다.

"나 때문에 젖어 있었어?"

그녀는 잠시 멈추더니 손을 머리 위로 들어 보였다. 난 몸을 앞으로 살짝 굽혀 그녀의 손가락을 입에 넣었다.

이런.

클로에가 얼마나 나를 원하는지를 알게 되자 머릿속이 텅 비었다. 경험을 통해 그녀가 진정 나를 원할 때 어떤 맛이 나는지 알고 있다. 예를 들어 내가 늦게 돌아와 자고 있는 그녀를 놀래주려고 다리 사이에 입을 파묻었을 때, 우리가 시간이 영원처럼 느껴질 정도로 애태우며 서로를 갈구할 때의 맛과는 전혀 달랐다. 지금 그녀의 손가락에서 묻어나는 맛은 완전한 것이었고 나는 현기증을 느꼈다. 그녀가 얼마나 이것을 생각하고 있었을까? 하루 종일? 내가 아침에 나왔을 때부터? 하지만 그녀는 내가 오랫동안 맛보게 놔두지 않았다. 그녀의 손은 내 입에서 빠져나와 얼른 두 다리 사이의 보이지 않는 곳으로 사라졌다.

그녀가 입술로 물건 구석구석을 더듬고 나를 흥분시키려는 걸 지켜보았다. 그녀가 이렇게 입으로 나를 가질 때나 내가 그녀 안으로 들어갔을 때조차도 나는 항상 그보다 더 많은 것을 갈망했다. 내가 원하는 모든 방법으로 한 번에 그녀를 가지는 것은 불가능했다. 그렇지만 그런 상상을 멈출 수가 없었다. 다양한 체위와 소리, 그녀의 머리털과 엉덩이에 얹힌 손, 입술과 그녀의 다리 사이를 더듬거나 허벅지 뒤쪽을 잡아당기는 손가락들.

그녀의 머리털 사이로 손가락을 집어넣자 더 빠르게 해주기를 원하는 신호라는 걸 그녀는 알아챘다. 내 엉덩이가 움찔움찔하기 시작하자 그녀는 더 이상 애태우면 안 된다는 걸 알았다. 사실 그녀가 곧 회의에 들어가야 하기 때문에 더 이상은 안 됐다.

순간 사무실 문이 잠겨 있지 않다는 걸 깨달았다. 클로에는 우리가 일에 대해 토론할 상황이라고 생각하고 왔다. 바깥 사무실 문은 닫혀 있었지만 잠겨 있지는 않았다.

"이런 젠장."

나는 신음 소리를 냈다. 우리가 들킬 수도 있다고 생각하니 더 흥분되었다.

"클로에ー"

예고도 없이 절정이 척추를 따라 날카롭지만 따뜻하게 흘러내렸다. 너무나 강렬해서 다리가 부들부들 떨렸고 두 손은 클로에의 머리털을 두 손으로 움켜쥐었다. 그녀가 몸을 크게 휘면서 다리 사이에 집어넣은 손을 빠르게 움직이는 듯 즐거움을 만들어 내는 소리가 작게 퍼져 나갔다.

잠시 후 아래를 내려다보고는 그녀가 물건을 입에 물고 눈을 치켜뜬 채로 내 반응을 보고 있었다는 걸 알았다… 물론 그러고 있었을 것이다. 눈을 크게 뜨고 있었는데, 그 눈길은 부드러웠고 다소 매혹된 것처럼 보였다. 그 표정이 내 손길로 그녀에게 절정을 안겨주었을 때의 내 표정과 정확히 같을 것이라고 확신했다. 숨을 잠시 고른 뒤 나는 물건을 그녀의 입에서 꺼내고는 바닥에 무릎을 꿇고 그녀와 마주 보았다. 그러고는 그녀의 다리 사이에 들어간 손을 감싸 쥐었다. 그녀는 손을 살짝 움직여 내 손이 그녀의 손을 대신하도록 해주었다. 나는 손가락 두 개를 깊이, 부드럽게 밀어 넣었다. 그녀는 거의 뒤로 넘어질 듯 반응하더니 내게 몸을 부딪쳐 왔다. 다른 손으로 그녀의 엉덩이를 받쳐 몸을 고정시킨 뒤 약간 부풀어 오른 붉은 입술에 키스했다.

"거의 다 왔어요."

그녀가 자유로워진 손을 내 목에 두르며 속삭였다.

"당신이 그걸 내게 말해야 한다고 생각하는 게 좋아요."

내 손길이 아주 친숙하게 느껴지도록 혹은 내 손기술이 지겨워지도록 천천히 움직였다. 하지만 엄지가 그녀의 클리토리스를 스치거나 누를 때마다 그 느낌이 어느 때보다도 더 강렬한 듯 보였다.

"하나 더…."

클로에가 가쁜 소리로 겨우 말했다.

"원해."

그녀는 말을 제대로 끝맺지 못했다. 그럴 필요도 없었다. 나는 손가락 세 개를 그녀 안으로 집어넣어 마찰을 일으키기 시작했다. 그녀의 고개가 뒤로 젖혀지며 입술이 벌어지고 소리를 내지 않으려 애쓰는, 조용하지만 거친 절정의 소리가 그녀의 몸에서 울려 퍼지는 걸 느꼈다.

잠시 동안 클로에는 내게 안겨 마치 우리가 거실이나 그녀의 침실에라도 있는 양 그녀의 머리칼 향기를 음미하게 해주었다. 문이 열려 있는 사무실 바닥이 아니라.

그녀 역시 그 사실에 생각이 미쳤는지 팬티를 끌어 올리고 치맛자락을 허벅지 아래로 내린 뒤 내 손을 잡고 일어섰다. 평소처럼 나는 주변의 적막함에 놀라며 정말 우리가 생각하는 것처럼 조용하고 비밀스럽게 이 일을 해왔을까 의심스러워했다.

클로에는 주변을 둘러보고 약간 멍한 표정으로 느긋한 미소를 보냈다.

"이것 때문에 회의에서 졸음을 참기 어려울 거예요."

"미안하진 않아."

나는 속삭이며 몸을 기울여 그녀의 목에 키스했다.

내가 몸을 일으켜 세우자 클로에는 돌아서서 화장실로 향하며 손을 씻기 위해 스웨터의 팔을 걷어붙였다. 나는 그녀를 따라가 몸을 밀착시키고, 씻고 있는 그녀 손 밑에 내 손을 댔다. 비누가 우리 손가락 사이에서 미끄러졌다. 클로에는 머리를 뒤로 젖혀 내 가슴에 기댔다. 한 시간이라도 그녀의 향기를 씻어 내며 그 상태로 서 있고 싶었다.

"당신 집에서 밤을 보낼 수 있을까?"

내가 물었다. 그건 늘 어려운 문제였다. 즐기기에는 내 침대가 더 좋았지만 주방에 먹을 게 많은 건 그녀 집이었다.

클로에는 물을 잠근 뒤 수건에 손을 닦았다.

"당신 집으로 해요. 우리 집에는 빨래가 좀 있어요."

"로맨스는 이제 죽었다는 소리는 절대 하지 마."

이번에는 내가 수건을 쓰면서 그녀에게 다시 키스했다. 그녀는 입술을 다문 채로 눈을 크게 떴고 나는 약간 주춤했다.

"베넷?"

"음?"

"알잖아요."

"뭘?"

"사랑해. 이 말을 자주 안 할 수는 있어요. 아마 그래서 박쥐 신호를 보냈겠지만."

나는 미소를 지었다. 내 심장이 갈비뼈 아래서 꽉 조이는 느낌을 받았다.

"당신이 나를 사랑한다는 걸 알아. 문자를 보낸 건 그 때문이 아니야. 요즘 당신 관심을 충분히 받지 못하고 내가 탐욕스러운 개자식이라서 문자를 보낸 거야. 내가 나눠 갖는 걸 잘 못한다고 우리 어머니가 경고하지 않았어?"

"우리가 뉴욕으로 옮긴 후에는 상황이 좀 나아지고 우리 시간을 더 가질 수 있을 거예요."

"뉴욕에서? 설마."

내가 말했다.

"설령 그렇게 된다고 해도, 그 전에 잠깐 시간을 갖는 게 좋지 않을까?"

"언제?"

그녀는 주위가 온통 달력이라도 되는 양 두리번거리며 물었다.

"완벽한 때란 없어. 사무실을 옮길 때면 더 정신없을 거야."

클로에가 웃으며 고개를 저었다.

"글쎄, 더 나쁜 시간을 생각하기 힘든걸요. 어쩌면 늦은 여름?"

클로에가 가볍게 키스하고 책상에서 휴대전화를 집어 들었다. 시간을 확인한 그녀의 눈이 커졌다.

"가야 해요."

그녀는 사무실을 나가기 전 다시 한 번 내게 키스했다.

그렇게 그 토론은 끝나버렸다.

하지만 휴가라는 단어는 여전히 내 머릿속에 남았다.

3

오늘밤을 위해 근사한 계획을 짜두었다. 저녁을 만들고 그와 함께 먹는다. 그리고 뉴욕에서 어떤 아파트를 빌릴지 최종 결정을 하고 그와 나의 집에서 가져가야 할 것을 논의한 뒤 언제부터 짐을 쌀지 함께 고민할 것이다.

오, 그리고 남은 여덟 시간 동안 우리 잘생긴 개자식의 몸 구석구석을 또 탐구하며 보낼 것이다. 두 번씩.

그러나 그 계획은 베넷이 현관으로 들어와 주방에서 요리하고 있는 나를 발견하기 전까지만 유효했다. 그가 재킷과 열쇠를 소파에 집어 던지고 말 그대로 방을 가로질러 달려오기 전까지. 그리고 그가 나를 그대로 끌어안고는 몇 주째 맛보지 못했다는 듯 내

귓불을 빨아대기 전까지.

말할 필요도 없겠지만, 전체 계획은 극적으로 단순해졌다.

하나. 저녁. 둘. 벗는다.

베넷은 이 단계마저 건너뛰고 싶어 했다.

"이런 속도로는 우리가 저녁을 먹지 못할 거예요."

그가 내 몸에 키스를 해댈 때 내가 고개를 젖히며 말했다. 따뜻한 숨결이 내 피부를 스쳐갔고 내가 들고 있던 식칼이 조리대에 부딪치는 소리가 났다.

"그래서?"

허벅지로 내 엉덩이를 비벼대던 베넷이 나를 돌려세우며 속삭였다. 딱딱한 찬장이 내 등에 닿았다. 그러나 내 앞쪽에 닿아 있는 베넷은 더 딱딱했다. 힐을 신지 않은 상태라 베넷은 몸을 깊이 숙여 내 목에 입술을 문대었다.

"그래서…"

내가 속삭였다.

"다른 걸 먹는 게 나을 수도 있겠네요."

그가 부드럽게 웃더니 팔을 둘러 내 엉덩이를 받쳤다.

"맞아. 오 하느님, 몇 주 동안 당신을 안지 못한 것 같아."

"오늘 오후에도 안았거든요."

나는 정정해주며 몸을 살짝 낮춰 그와 마주 보았다.

"오늘 오후였다고요. 내가 사무실에서 입으로 해준 게."

"그래. 그런 일이 있었던 것 같기도 해. 하지만 어렴풋하거든. 당신이 내 기억을 환기시킬 수도 있을 거 같아. 혀와 내 거기."

"말은 잘해요, 라이언. 당신 어머니는 당신이 이런 돼지라는 걸 아나요?"

베넷이 크게 웃었다.

"지난 2월 내 사촌 결혼식 때 예복실에서 우리가 그 짓을 한 뒤에 어머니가 우리를 보는 시선을 고려한다면, 아마 아실걸."

"그때 2주 동안 당신을 못 봤어요."

나는 뺨이 달아오르는 걸 느끼며 말했다.

"우쭐해하지 마요, 멍청이."

"하지만 난 당신의 멍청이야."

그는 말하며 내 입술에 쪽쪽거리며 입을 맞췄다.

"그런 나를 사랑하지 않는 척하지는 마."

나는 아니라고 할 수 없었다. 최근 베넷은 시카고 바깥에서 더 오랜 시간을 보냈다. 그래도 그는 항상 내 것이었다. 그 점에 대해서 그는 전혀 의심을 남기지 않았다. "그리고 멍청한 짓에 대해 말하자면⋯."

그가 내 엉덩이를 꽉 쥐었다.

"오늘 밤 당신 엉덩이에 대해 내가 하려는 게 뭐냐면⋯."

나는 뭐라고 대답하려 했다. 말싸움에서 주도권을 잡을 수 있는 영리한 무언가를. 하지만 아무 생각도 할 수 없었다.

"이런. 할 말을 잊었네?"

그는 놀라운 듯 눈을 크게 떴다.

"이런 고요와 평화를 가져다줄 줄 알았다면 진작 말을 꺼낼걸 그랬어."

"난… 음…"

몇 번이나 입을 열려고 했지만 아무 말도 나오지 않았다. 전에는 없던 일이었다. 오븐의 타이머가 울렸을 때 나는 여전히 당황한 채로 그에게서 몸을 떼어 냈다.

오븐에서 빵을 꺼내고 파스타 삶은 물을 버렸다. 베넷이 다시 내 등 뒤로 다가섰다. 내 어깨 너머로 뺨을 대고는 허리를 감싸 안았다.

"당신 냄새가 좋아."

베넷의 입술이 다시 목에 와 닿았고, 손은 천천히 내려가 치맛자락을 잡았다. 나는 그가 원하는 대로 해줄 정도로 달아오르지는 않았다.

나는 신경을 요리로 다시 돌렸다.

"샐러드 좀 만들어줄래요?"

그는 으르렁거리더니 넥타이를 풀고는 맞은편에 서서 알아들을 수 없는 말로 투덜거리며 작업을 시작했다.

머리를 맑게 하려고 애쓰며 파스타와 소스를 섞자 마늘 향의 김이 올라왔다. 물론 늘 그렇듯이 그가 옆에 있을 때 제정신을 차린다는 건 불가능한 일이다. 베넷 라이언에게는 방 안 공기를 모두 빨아들이는 듯한 무언가가 있었다.

나는 그를 너무나 사랑하게 되면서 눈이 멀었고 최근에 그를 떠나 있는 만큼 그를 심하게 그리워했다. 때로는 침대에서 혼잣말을 중얼거리기도 했다. "오늘은 어땠어요?" "내 새 조수는 굉장히 재밌어요." 또는 "내 아파트가 이렇게 조용했었나요?"

어느 날에는, 내가 입고 자던 베넷의 셔츠가 낡아 더 이상 그의 냄새를 맡을 수 없게 되자 그의 집을 찾아가기도 했다. 호수가 바라보이는 커다란 의자에 앉아 그가 무엇을 하고 있을지 궁금해했다. 내가 그를 그리워하는 것의 반만이라도 그가 나를 그리워하고 있을까. 나는 남자 친구가 여행을 떠났을 때 이렇게 행동하던 여자들을 전혀 이해하지 못했다. 남자 친구가 떠나 있는 건 그저 충분히 자고 휴식을 취할 기회가 될 뿐이라고 생각하며 살았었다.

베넷은 어떤 식으로든 내 삶의 모든 부분에 파고드는 데 성공했다. 그는 언제나 그랬던 것처럼 여전히 완강하고 의욕 넘치는 남자이지만 우리가 함께한다는 이유로 달라진 구석이 있지 않다는 게 내가 사랑하는 부분이다. 그는 나를 동등한 상대로 대하고 그가 나를 무엇보다 사랑한다는 것을 알지만 전혀 나를 특별히 봐주지는 않는다. 그 때문에 그를 더 사랑한다.

접시를 식탁에 가져다놓고 어깨 너머로 뒤를 돌아보았다. 베넷은 토마토를 썰면서 여전히 구시렁거리고 있었다.

"여전히 불평 중이에요?"

내가 물었다.

"물론."

그는 샐러드를 가져온 뒤 내게 의자를 빼주기 전에 내 엉덩이를 팡 하고 쳤다.

잔 두 개에 와인을 따르고 건너편 의자에 앉았다. 베넷은 내가 한 모금 마시는 걸 바라보았는데 그의 눈동자는 내 잔과 입술 사이를 오갔다. 그의 입 끝에 부드러운 미소가 걸렸다. 그러더니 갑자기 무언가 떠올랐는지 다시 내 눈을 보며 말을 꺼냈다.

"당신에게 물어본다고 했었는데, 세라는 어때?"

세라 딜런은 내가 지원했던 것과 같은 MBA 프로그램을 졸업했고 다른 회사에서 일하기 위해 라이언 미디어 그룹을 떠났다. 그녀는 내 가장 친한 친구 중 한 명이고 베넷은 그녀에게 새 지점의 재정 담당 자리를 제의했다. 하지만 그녀는 시카고에 있는 가족과 자신의 삶을 벗어나기 싫어 거절했다. 베넷은 물론 세라를 비난하지 않았지만, 시일이 촉박한데도 아직 적당한 인물을 찾지 못한 상태였다. 나는 그가 슬슬 걱정하고 있다는 걸 알고 있었다.

나는 어깨를 으쓱하고는 며칠 전 그녀와 나눈 대화를 떠올렸다. 세라의 멍청한 약혼자가 다른 여자와 키스하는 게 사진에 찍혔다. 이제야 세라는 우리 모두가 몇 년 동안 우려하던 걸 깨달은 듯했다. 앤디는 바람둥이였다.

"세라는 괜찮을 거예요. 앤디는 함정에 빠진 거라고 주장하고 있어요. 상대 여자의 이름이 여전히 매주 신문에 언급되고 있죠. 하지만 세라를 알잖아요. 세라는 자기 감정을 절대로 드러내지 않아요. 그래도 정말 크게 상심했을 거예요."

그는 흐음 하고 콧소리를 내고는 생각에 잠겼다.

"관계는 끝난 건가? 그를 다시 받아들이지 않을 거 같아?"

"누가 알겠어요? 스물한 살 때부터 사귄 사이예요. 하지만 그 남자와 지금 끝내지 않는다면 평생 같이 있게 되겠죠."

"지난달에 작정하고 가서 스미스 하우스 이벤트에서 그 자식 엉덩이를 걷어차는 건데. 정말 추잡한 녀석이야."

"뉴욕에 같이 가자고 설득하긴 했는데, 세라는 여전히 완강해요."

"완강? 왜 둘이 친구인지 알 수가 없군."

그는 진지한 표정으로 농담을 했다. 나는 체리토마토를 그에게 던졌다.

***

 나머지 식사 시간은 일 얘기로 흘렀다. 새 사무실을 여는 것, 그 전에 해야 할 모든 잡다한 일들. 새 사무실을 열면 그의 가족도 뉴욕으로 돌아올 것인지에 대해 이야기하다 내가 물었다.

 "당신 아버지는 언제 돌아왔어요?"

 잠시 기다렸지만 베넷은 대답하지 않았다. 난 그가 음식을 옆으로 치우는 걸 보고 놀랐다.

 "아무 문제없는 거죠, 라이언?"

 몇 초의 침묵이 지나간 뒤에 그가 대답했다.

 "난 당신이 나를 위해 비서로 일했으면 했어."

 내 눈이 커졌다.

 "뭐라고요?"

 "알아. 말도 안 된다는 거. 우리는 서로에게 끔찍하게 굴었고 거의 불가능한 상황이었지."

 뭐야, 너무 축소해서 말하잖아. 같은 사무실에서 열 달 동안 유혈 사태 없이 혹은 스테이플러 살인 사건 같은 것이 벌어지지 않고 함께 일했다는 게 나는 여전히 놀라운데.

 "하지만…."

 그는 말을 이으며 식탁 너머로 나를 보았다.

"매일 당신을 볼 수 있었지. 예측 가능하고 일관되게. 난 당신을 몰아붙였고 당신은 맞받아쳤어. 내가 일하면서 얻은 가장 큰 즐거움이었어. 또 그걸 당연하게 생각했고."

이 남자와 커다란 공감대를 느꼈다. 나는 잔을 내려놓고 그의 눈을 보았다.

"그건… 그래요."

나는 적당한 말을 찾기 위해 애썼다.

"나 역시 당신을 매일 볼 수 있었다는 것을 감사하게 될 줄은 몰랐어요. 비록 스물일곱 번 정도 당신을 독살하고 싶긴 했지만 말이죠."

"동감."

그는 능글맞게 웃으며 대답했다.

"상상 속에서 당신을 얼마나 자주 창밖으로 던졌는지 생각하면 죄책감마저 느껴. 하지만 그걸 보상할 확실한 계획을 갖고 있지."

그는 잔을 들어 죽 들이켰다.

"지금?"

"응. 리스트를 갖고 있지."

나는 계속 해보라는 뜻을 말없이 눈썹으로 전했다.

"음, 먼저 그 치마를 벗길 거야."

그는 몸을 굽혀 식탁 아래를 내려다보았다.

"날 괴롭히려고 그 레이스 달린 물건을 입었냐며 당신을 귀찮게 하지만, 사실은 내가 그런 것을 좋아한다는 걸 둘 다 잘 알고 있지."

그가 두 손을 머리 뒤로 깍지 끼고 몸을 일으켜 의자에 기댔다. 그의 열정은 내 피부에 소름이 돋게 만들었다. 이런 상황에서라면 어느 누구라도 겁먹었을 테지만—나는 내가 겁먹었을 때를 여전히 기억하고 있다—지금 내가 느끼는 것은 아드레날린, 가슴을 뚫고 들어와 배를 뜨겁고 묵직하게 만드는 스릴이었다.

"그리고 그 스웨터."

베넷이 내 가슴을 쳐다보며 말을 이었다.

"그걸 확 잡아 뜯어 버튼이 후드득 바닥에 떨어지는 소리를 들을 거야."

나는 다리를 꼬고 침을 삼켰다. 그는 내 동작을 지켜보고 있었는데, 미소를 지어 입꼬리가 치켜 올라갔다.

"그다음엔 당신을 이 식탁 위에 눕힐 수 있겠지."

그는 몸을 기울여 식탁이 튼튼한지 살펴보는 척했다.

"당신 다리를 내 어깨에 걸치고 당신이 넣어달라고 애원할 때까지 빨아댈 거야."

무심한 척하며 그의 시선을 외면하려고 했다. 하지만 그러지 못했다. 나는 헛기침을 했고 입이 말랐다.

"당신은 어젯밤 그렇게 할 수 있었어요."

그를 놀리듯 말했다.

"아냐. 어젯밤엔 둘 다 피곤했고, 난 그저 당신이 절정을 느끼는 걸 보고 싶었을 뿐이야. 오늘 밤에는 내 시간을 갖고 싶어. 당신을 벗기고, 온몸 구석구석 키스하고, 그리고, 하는 거지. 당신이 내게 해주는 걸 보고."

갑자기 이 방이 더워졌나.

"자신감이 넘치네, 안 그래요?"

내가 물었다.

"물론."

"나 역시 리스트를 갖고 있을 거라는 생각은 전혀 안 들었나 봐요?"

자리에서 일어나 식탁을 돌아 그의 앞에 서는 사이, 나는 디저트를 까맣게 잊어버렸다. 그는 이미 발기해서 바지 앞섶이 불쑥 튀어나와 있었다. 그는 내 시선을 좇으며 히죽거렸다. 동공이 확대된 나머지 눈동자를 가득 채운 것처럼 보였다.

옷을 모두 벗고 그 뜨거운 눈길을 피부로 느끼고 싶었다. 아침에 피곤하고 녹초가 된 채로 일어나 내 몸을 파고들던 그의 손가락이 전하는 느낌을 되살리고 싶었다. 그저 쳐다보는 눈길과 몇 마디 음란한 말로 어떻게 나를 이렇게 만들 수 있을까.

나는 그의 다리 사이에 서서 그의 머리—언제나 한판 한 듯한 머리—를 이마에서 쓸어 넘겼다. 부드러운 머릿결이 내 손가락 사이로 흘렀다. 나는 그의 이마를 뒤로 기울인 뒤 눈을 똑바로 보았다.

당신이 정말 그리웠어요. 그렇게 말하고 싶었다. 내 곁에 있어요. 멀리 있지 말아요. 사랑해요.

그 말은 내 목에 걸려 나오지 않고 그저 "안녕?" 하는 소리만 흘러나왔다.

베넷은 고개를 기울인 채 나를 보며 더욱 환한 미소를 지었다. "안녕?" 따뜻한 손이 내 엉덩이를 잡고 가까이 끌었다. 짧은 인사와 함께 웃음이 떠돌았다. 그가 나를 책처럼 읽고 있다는 걸 알았다. 내 이마에 잉크로 써놓은 듯 모든 생각을 명확히 보면서 말이다. 그에게 사랑한다고 말하는 게 불편하지는 않았다. 다만 그저 새로울 뿐이었다. 그전에는 누구에게도 그 말을 하지 않았다. 그래서 마치 가슴을 열고 내 심장을 건네준 것처럼 가끔 두려워질 때가 있었다.

베넷의 손이 가슴 쪽으로 올라와서 아래쪽 라인을 따라 움직였다.

"이 작고 예쁜 스웨터 속에 무엇이 있는지 보고 싶어서 참을 수가 없어."

나는 숨을 삼키며 얇은 캐시미어 아래 젖꼭지가 단단해지는 걸 느꼈다. 베넷은 단추 하나를 풀고, 또 하나를 풀었다. 마침내 카디건이 열리고 그의 눈은 거의 없는 것과 마찬가지인 내 브래지어를 마주했다. 그는 감탄하며 콧소리를 냈다.

"새 건데?"

"그리고 비싼 거야. 망가뜨리지 마세요."

내가 경고했다. 그는 의기양양한 미소를 감추지 않았다.

"절대로 안 그럴게."

"400달러짜리 슬립을 사주고 그걸로 나를 침대에 묶기나 했죠, 베넷."

그는 웃음을 터뜨리고는 마치 선물 포장을 벗기듯 스웨터를 어깨에서부터 벗겨냈다. 긴 손가락이 치마 허리선을 따라 움직이니 지퍼 열리는 소리가 났다. 그는 약속한 대로 울 치마를 내 엉덩이로부터 신중하게 벗겨 발목까지 끌어 내리고는 나를 레이스 브래지어와 작은 팬티 차림으로 만들었다.

에어컨이 켜지고 낮은 진동 소리가 아파트에 울렸다. 차가운 바람이 피부에 와 닿았다. 베넷은 나를 무릎에 앉히며 내 다리로 자기 엉덩이를 감쌌다. 바지의 거친 원단이 내 허벅지와 벗은 것과 다름없는 내 엉덩이에 와 닿았다. 그는 옷을 입고 나는 거의 벗은 상태라서 움츠러들 수도 있었지만 나는 그 느낌을 즐겼다. 내가 프레젠테이션을 한 날 이후, 그의 집에서 보낸 첫날 밤과도 같았다. 우리가 서로에게 없어서는 안 된다는 걸 솔직하게 인정한 다음, 내가 얼마나 그에게 상처를 주었는지에 대해 편하게 들을 수 있게, 베넷은 내가 자기를 묶어놓게 해주었다.

그 생각을 하니 이 자세가 의도적이라는 걸 깨달았다. 그 역시 정확히 그날 밤을 생각하고 있는 게 아닐지 궁금했다. 그의 눈은 갈망과 열망으로 빛났고, 나는 마치 내가 원하면 그가 하지 못할 게 없겠다는, 어떤 권력을 느낄 수 있었다.

베넷의 셔츠 단추를 풀면서 그가 벗은 몸으로 내 위에, 또 내 뒤에 있기를 원했다—어떤 곳이라도 좋았다. 그를 맛보고 싶었고, 그의 피부에 자국을 내고 내 손가락, 입술, 이로 그 자국을 만지고 싶었다. 그를 식탁 위에 눕히고 이 방을 나갈 생각이 들지 않을 정도로 그를 즐기고 싶었다.

아파트 어디에선가 전화가 울렸다. 우리는 둘 다 몸이 굳어서 아무 말도 하지 않았다. 잘못 걸려온 것이길 바라며 기다렸다. 둘 사이에는 침묵만이 흘렀지만 날카로운 벨소리는 방 안을 가득 채웠다. 내게는 무척 친숙한 소리였다. 일. 비상 호출. 하지만 통상적인 비상 상황이 아니었다. 진짜 비상 상황이었다. 베넷이 욕설을 하며 이마를 내 가슴에 기댔다. 내 심장은 쿵쾅거렸고 호흡은 빠르고 거칠었다.

"젠장. 미안해."

벨소리가 계속되자 베넷이 입을 열었다.

"아무래도 난…."

"알아요."

나는 의자 뒷부분을 잡고 떨리는 다리를 일으켜 세웠다.

베넷은 얼굴을 손바닥으로 비비며 일어나서 방을 가로질러 소파에 던져놓은 재킷에서 전화기를 찾아 들었다.

"네."

그렇게 말하고는 전화기에 귀를 기울였다.

나는 스웨터를 찾아 어깨에 걸치고는 치마를 집어 입었다. 그가 대화하는 사이에 접시를 주방에 가져다놓았다. 그가 조용히 대화할 수 있게 신경 쓰지 않으려 했지만 그의 목소리가 높아지자 저절로 귀가 기울여졌다.

"찾을 수가 없다니 무슨 소리입니까?"

베넷이 소리 질렀다. 나는 복도 벽에 기대어 그가 커다란 창문 앞을 왔다 갔다 하는 걸 지켜보았다.

"내일인데, 누군가 마스터 파일을 날려버렸다고요? 아무도 해결 못하고 있어요?"

침묵이 흘렀지만 베넷의 혈압이 높아지는 게 느껴졌다.

"장난합니까?"

다시 침묵. 베넷은 눈을 지그시 감더니 숨을 깊이 들이쉬었다.

"좋아요. 20분 안에 가겠습니다."

그는 통화를 끝내고 나를 쳐다보았다.

"괜찮아요."

내가 말했다.

"괜찮지 않아."

그가 맞았다. 괜찮지 않았다. 엿 같았다.

"해결할 사람이 없어요?"

"누구? 이 중요한 일을 그 무능한 멍청이들에게 맡길 수 없어. 사업 프로젝트 설명회가 내일 열리는데 마케팅 팀이 재정 상황 자료를 찾을 수 없다는 거야…."

그는 말을 멈추더니 고개를 절레절레 젓고는 재킷을 걸쳤다. "젠장. 자기가 하는 일을 제대로 아는 사람이 뉴욕에 필요해. 미안해, 클로에."

베넷은 우리가 얼마나 이날 밤을 원했는지 알았지만, 그에게는 할 일이 있었다. 나는 그걸 누구보다 잘 알았다.

"가세요."

그에게 다가서며 말했다.

"마치고 돌아올 때까지 여기 있을게."

나는 열쇠를 건네주고 발뒤꿈치를 들어 그에게 키스했다.

"침대에?"

나는 고개를 끄덕였다.

"내 셔츠를 입고 있어."

"셔츠만 입고 있을게요."

"사랑해."

나는 미소 지었다.

"알아. 이제 가서 세계를 구해요."

4

지금 장난해?

차 시동을 걸고 바늘이 빨간 부분에 닿을 때까지 RPM을 올렸다. 도로를 벗겨 내어 찢어발기고 싶었다. 검은 타이어 자국을 길바닥에 남기는 것으로 내 분노의 흔적을 남기고 싶었다.

피곤했다. 정말로 피곤했다. 다른 사람이 망쳐놓은 일을 처리하는 건 정말 싫었다. 몇 달째 하루에 열두, 아니 열다섯, 아니 열여덟 시간씩 일했고, 시간을 아껴 이제야 클로에와 집에서 온전한 하룻밤을 보내려는데 호출당하다니.

나는 '집'이라는 단어가 두개골 안에서 울려 퍼지는 걸 느끼며 잠시 멈췄다.

내 집이든 그녀의 집이든, 친구들과 함께한 바깥, 혹은 그녀가 좋아하는 작고 지저분한 중국 음식점이든, 나는 우리가 함께하는 한 어디든 늘 그곳을 집처럼 편안하게 느꼈다. 정작 이상한 점은 꽤 많은 돈을 투자한 건물이 그곳에서 그녀와 함께 시간을 보내기 전까지는 집처럼 여겨지지 않았다는 것이다. 나도 그녀의 집에 그런 존재일까?

뉴욕에서 살 집을 아직 정하지도 못했다. 우리는 라이언 미디어 그룹의 새 건물을 찾았고 각자의 사무실도 정했다. 공간 개조를 위한 청사진도 만들고 디자이너도 고용했다. 하지만 아직 클로에와 나는 들어갈 아파트도 없다.

오랜 습관은 쉽게 바뀌지 않는다. 그러나 그녀를 만나고 나는 그녀를 내 일보다 더 우선순위에 놓게 되었다.

1년 전만 해도 난 한 가지에만 집중했다. 내 경력. 이제 내게 가장 중요한 것은 클로에다. 내 경력이 클로에와 있는 시간에 끼어들 때면 난 속이 불타올랐다. 언제부터인지는 모르겠지만, 내가 그걸 알아차리기 훨씬 전부터 그리 되었을 것이다. 어쩌면 조엘이 내 부모님 집에 저녁 식사를 하기 위해 찾아온 그날 밤이었을지도 모른다. 아니면 그녀 앞에 무릎을 꿇고 내가 알고 있는 유일한 방법으로 사과했던 그다음 날인지도 모르겠다. 어쩌면 내가 가장 음울하고 나약했던 순간에 회의실에서 그녀에게 거칠게 키스했던 그날 밤부터였을 수도 있다. 내가 그런 멍청이여서 정말 다행이었다.

계기판의 시계와 날짜를 보았다. 순간 주먹으로 가슴을 얻어맞은 듯했다. 5월 5일. 정확히 1년 전, 나는 샌디에이고발 비행기에서 내리는 클로에를 보았다. 나와 함께 고객을 상대한 클로에를 부당하게 비난했기 때문에 그녀의 어깨는 상처와 분노를 담고 있었다. 그다음 날 그녀는 사직서를 내고 내 곁을 떠났다. 나는 그 기억을 떨치기 위해 눈을 깜빡였다. 그녀는 다시 돌아왔다. 그 사실을 환기했다. 우리는 지난 열한 달 동안 일을 잘해냈고 내 일정 때문에 좌절하기는 하지만 지금 행복하다. 그녀는 내가 원한 유일한 사람이다.

그 이전의 결별에 생각이 미쳤다. 2년 전 실비와 헤어졌다. 우리 관계는 에스컬레이터를 타듯이 시작되었다. 한 걸음만 내딛으면 그다음에는 자동적으로 일방통행이 되는 방식으로. 우리는 우호적 관계로 시작해 쉽게 친밀한 육체적 관계를 맺었다. 그녀가 동료로서 섹스도 함께 해주었기에 내게는 완벽한 상황이었다. 그녀는 내가 주는 것 이상을 요구하지도 않았다. 그녀는 내가 더 잘 해줄 수 없었을 것이라고 생각하고 나와 헤어졌다. 물론 헤어진 후로도 섹스를 대체하는 관능적인 몸짓과 대화도 충분히 나누었다.

긴 포옹과 마지막 키스와 함께 그녀를 보내주었다. 난 곧바로 내 단골 식당에 가서 조용한 저녁 식사를 홀로 즐겼고 잠자리에 일찍 든 뒤 한 번도 깨지 않고 아침까지 잤다. 드라마도 없고 가슴 아픈 것도 없었다. 그냥 그렇게 끝이 났고 나는 인생에서 그 부분을 그냥 닫아버리고 다음 단계로 나아갈 준비가 되어 있었다. 3개월 뒤 나는 다시 시카고로 돌아왔다.

그 일을 클로에를 잃었을 때와 비교하는 것이 우스웠다. 나는 사실상 더러운 부랑자가 되어 있었다. 먹지도 않고 샤워도 하지 않고 오직 스카치위스키와 자기 연민에 빠져 살았다. 세라와 클로에 얘기를 나누던 것을 정확하게 기억하고 있다―그녀가 어떻게 지내는지, 어떤 모습인지. 그리고 그 조각들로부터 그녀가 날 그리워하는지, 나처럼 괴로워하는지를 알아내려고 애썼다.

클로에가 회사로 복귀하던 날은 공교롭게도 세라가 회사를 떠나는 날이었다. 우리가 다시 사귀게 되었지만 클로에는 우리가 쉬려면 각자 집에서 자야 한다고 주장했다. 정신없는 오전을 보낸 후에 휴게실에 들어갔다가 클로에가 아몬드를 먹으며 마케팅 보고서를 읽는 걸 보았다. 송별 기념 점심을 거절한 세라는 음식을 전자레인지에 데우고 있었다. 커피를 마시려고 들어갔는데 어쩌다 보니 셋이서 15분가량 말없이 함께 있게 되었다.

결국 내가 침묵을 깼다.

"세라."

휴게실이 조용해서인지 내 목소리가 더 크게 들렸다. 그녀가 눈을 크게 뜨고 나를 바라보았다.

"클로에가 떠난 첫날 나를 찾아줘서 고마워요. 새로운 사실을 알려준 것도. 그것 때문이 아니어도 난 당신이 떠나게 되어 마음이 좋지 않아."

그녀는 어깨를 으쓱하고 짧은 앞머리를 옆으로 넘기면서 내게 살짝 미소를 보냈다.

"둘이 함께 있는 걸 보게 돼서 기뻐요. 여기는 일이 너무 조용하게 진행돼요. 다시 말하면 지루하다는 얘기예요. 또 다른 말로 하자면 아무도 서로에게 소리 지르거나 성질 더럽다고 욕하는 일이 없다는 얘기이죠."

그녀는 기침을 하고는 큰 소리를 내며 음료수를 후루룩 마셨다.

클로에가 끙 하는 소리를 냈다.

"그런 일은 다시는 없을 거야, 약속해."

그녀는 아몬드를 입에 던져 넣었다.

"저이는 더 이상 내 상사가 아닐 테니까. 물론 저이는 계속 소리를 지르겠지만."

크게 웃은 나는 클로에가 냉장고 아래 칸에서 물을 꺼내 따를 때 그녀의 엉덩이를 훔쳐보았다.

"하지만 여전히."

나는 다시 세라에게로 돌아왔다.

"클로에 소식을 계속 전해준 것에 대해 감사하고 있어요. 그러지 않았다면 난 제정신이 아니었을 거야."

세라의 눈길은 부드러워졌지만 다소 안절부절못하고 있었다. 아마도 내가 감정을 드러내는 경우가 드물었기 때문에 조금 불편했을 것이다.

"말했듯이, 일이 잘돼서 기뻐요. 싸울 만한 가치가 있는 일이었어요."

그녀는 양쪽 입꼬리를 올리며 클로에에게 마지막 미소를 보내고는 휴게실을 떠났다.

클로에가 돌아오고 나서 내가 느낀 현기증 때문에 회사 복도에서 우리를 뒤따라 다니던 귓속말들을 무시하기가 쉬웠다. 클로에와 나는 사무실을 따로 썼고, 다른 사람들만큼이나 이 일을 잘해낼 수 있다는 걸 증명하기 위해 각자 전력을 다했다.

헤어진 지 벌써 한 시간이 지났다.

"보고 싶었어요."

그녀가 내 사무실로 들어오더니 문을 닫았다.

"여기 내 바깥 사무실을 돌려받을 수 있을까요?"

"아니. 나도 그게 마음에 들지만, 이 시점에서는 아주 부적절하게 보일 거야."

"나도 진지하게 말한 건 아니에요."

그녀는 눈동자를 굴리더니 말을 멈추고 주위를 둘러보았다. 그녀의 예전 기억이 돌아오고 있는 게 느껴졌다. 그녀가 내 책상에 앉아 다리를 벌렸을 때, 그녀의 걱정거리를 떨쳐버리려고 내 손가락 애무를 원했을 때. 그리고 생각했다, 우리가 사무실에 함께 앉아 있을 때, 좀 더 빨리 말했어야 했지만 하지 않은 모든 말을.

"사랑해."

내가 말했다.

"전부터 사랑했어."

그녀는 내게로 튀어 와 앞에 서더니 몸을 늘여서 내게 키스했다. 그러고는 나를 화장실로 데려가 자신을 벽에 세우고 사랑해달라고 했다. 월요일 정오에!

회사 주차장에 차를 대면서 세라의 말을 떠올렸다. 엔진을 끄면서 내 앞에 있는 콘크리트 벽을 보았다. 이 일들은 싸울 만한 가치가 있었어. 세라의 조언은 시카고에서 가장 한심한 바람둥이에게 깨우침을 줬다. 클로에를 잃고 상심해 있을 때 세라는 나를 위해 나섰다. 그와는 달리 나는 불성실한 줄 알고 있는 남자와 그녀가 계속 관계를 유지하도록 내 버려두었다. 단지 내가 끼어들 데가 아니라는 이유로 말이다. 세라가 지금의 나와 똑같이 행동했다면 내가 어떻게 되었을까.

세라가 해준 말들을 되새기며 차에서 나와 중앙 로비로 향했다. 야간 경비가 인사를 했다. 내가 엘리베이터로 향하자 그는 읽고 있던 신문을 다시 꺼내 들었다. 건물은 텅 비어 있어서 내 주위에 있는 모든 기계의 똑딱거리는 소리를 다 들을 수 있었다. 엘리베이터의 로프와 바퀴가 윙윙거리더니 18층에서 쿵 하고 멈췄다.

아무도 없다는 걸 알고 있었다. 팀은 최신 파일을 찾는 데 필사적이었겠지만, 아마도 패닉 상태에서 자기 노트북이나 뒤졌을 것이다. 누가 회사의 워크 서버를 뒤져볼 생각이나 했을지 의심스러웠다.

결국 이십삼 분짜리 일을 위해서 클로에를 버려두고 나와야 했고, 이 일은 내일 내 기분을 엄청 잡쳐놓을 것이다. 나는 다른 사람의 일을 처리하는 걸 매우 싫어한다. 계약서는—정확히 내가 예측한 대로—이름이 잘못 붙여져 잘못된 폴더에 들어 있었다. 게다가 프린트된 카피본이 내 책상에 놓여 있었다. 유능한 누군가 그걸 발견하기만 했어도 내가 사무실까지 나올 일은 없었을 것이다. 나는 파일을 마케팅 임원 중 한 명에게 전송한 뒤 몇 부 복사해서 첫 페이지에 있는 부서에 표시한 뒤 해당 모든 직원 책상에 한 부씩 놓아두고 사무실을 나왔다. 그건 어떤 면에서 나의 짜증나는 완벽주의에서 비롯된 짓일 것이다. 하지만 나를 클로에한테서 떼어놓은 벌이니 자업자득이다.

이런 작은 불편에 내가 너무 요란을 떤다는 건 잘 알고 있다. 하지만 팀의 수준을 규정하는 건 이런 유형의 사소한 일들이다. 뉴욕에서 함께 게임할 플레이어들에게 내가 기대하는 바로 이런 것이다. 차로 돌아와 시동을 켜면서, 다음 달까지 그런 사람을 구해야 한다는 사실을 깨닫고 투덜거렸다.

지금 상태로는 클로에에게 돌아갈 수 없었다. 나는 화나고 짜증이 난 상태다. 절대로 즐거운 상태로 돌아갈 수 없다.

빌어먹을. 나는 그저 그녀와 함께 있고 싶었을 뿐이다. 그것이 왜 이리 어려운가. 클로에와 함께할 수 있는 시간은 너무 적다. 나는 일 때문에, 아파트 구하는 것 때문에, 혹은 애기처럼 돌봐주지 않아도 제 일을 해낼 사람을 찾는 것 때문에 그 시간을 낭비하고 싶지 않았다. 우리가 같이 있을 시간을 내기 어렵고 일을 너무 많이 한다고, 왜 이 문제를 해결하지 못하느냐고 나는 불평을 늘어놓았다. 해결한다고? 떠나버릴까? 클로에가 타이밍이 좋지 않다고 생각하는 것을 잘 알지만, 도대체 언제가 적절한 때란 말인가. 우리에게 그걸 제시해줄 사람은 아무도 없다. 게다가 내가 언제부터 일이 잘되기를 그저 기다리는 유형의 사람이었단 말인가.

젠장. 해결하자.

"자, 이 똥을 치우자고, 베넷."

내 목소리가 차 안에 울려 퍼졌다. 너무 늦게 전화를 거는 것이 아님을 확인하기 위해 슬쩍 시계를 본 후 전화기를 집어 들어 주소록에서 번호를 확인했다. 나는 차를 빼서 미시건 애비뉴로 나왔다.

벨이 여섯 번 울린 뒤 맥스의 목소리가 스피커에서 흘러나왔다.

"오, 벤!"

나는 미소를 짓고, 액셀을 밟아 회사에서 내게 가장 친숙한 장소로 향하는 길을 재촉했다.

"맥스, 어떻게 지내?"

"잘 지내, 친구. 아주 잘. 뉴욕으로 간다는 소식이 있던데?"

나는 대답하며 고개를 끄덕였다.

"한 달 정도면 거기로 갈 거야. 5번가와 15번가 사이쯤이지."

"가깝네. 아주 좋아. 여기 오면 같이⋯."

그의 목소리가 작아졌다.

"물론. 물론."

나는 말을 서둘렀다. 아마도 맥스는 내가 화요일 11시 반에 전화한 이유가 궁금할 것이다.

"이봐, 맥스. 부탁할 게 있어."

"말해."

"여자 친구와 여행을 가려고 해. 그리고⋯."

"여자 친구?"

맥스의 웃음소리가 차 안에 크게 울려 펴졌다.

나도 같이 웃었다. 이런 식으로 맥스에게 누구를 소개한 적은 지금껏 없었다.

"그래, 클로에라고 해. 우리는 같은 회사에서 일하고 파파다키스 캠페인을 같이 성공시켰지. 지금 꽤 잘 지내고 있고. 아마도 우리가 옮기기 전에 자유 시간을 좀 가질 수 있을 것 같아⋯."

나는 말이 꼬이는 것 같아 잠깐 머뭇거렸다.

"뉴욕에 살 곳을 알아봐주고 짐을 정리하고 몇 주 후 떠날 수 있게 도와줄 사람을 찾는다면 미친 짓일까? 이 빌어먹을 곳을 벗어나고 싶은데 말이야."

"문제 있는 얘기로는 들리지 않아, 벤. 숨 돌리기 위해서는 딱 필요한 일 같은데?"

"나도 그렇게 생각해. 좀 충동적이긴 하지. 클로에를 프랑스에 데리고 갈 생각이야. 자네가 마르세유에 아직 집을 갖고 있다면 몇 주 빌릴수 있을까?"

맥스가 조용히 웃었다.

"당연하지. 여전히 그 집이야. 빌린다는 생각은 하지 마라. 그냥 쓰라고. 주소를 바로 보내줄게. 이녜스를 보내 집을 치워둘게. 겨울 휴가이후로 그 집이 비어 있었어."

그가 잠시 멈췄다.

"언제 출발할 건가?"

머릿속에서 계획이 구체화되면서 가슴을 조이던 잠금쇠가 조금 풀리는 느낌이 들었다.

"이번 주말?"

"오, 좋아. 준비해줄게. 비행 일정이 정해지면 알려줘. 아침에 이녜스에게 전화해서 자네에게 열쇠를 전하도록 할게."

"멋지군. 고마워, 맥스. 빚졌어."

"나도 기억해둘게."

그의 대답에서 교활한 미소를 느낄 수 있었다.

***

몇 년 만에 처음으로 안도감을 느끼며 음악을 틀었다. 클로에와 함께 비행기에 오르는 나를 상상했다. 우리 앞에는 햇빛만이 있을 뿐이다. 침대에서 알몸으로 늦잠을 자고 최고의 음식을 즐기고 세계 최상의 와인을 마실 것이다.

하지만 해야 할 일이 하나 있었다. 부모님을 찾아뵙기에는 좀 늦은 시간이지만 별수 없었다. 내 머릿속은 계획으로 꽉 차 있었고 사소한 사항까지 결정하지 않고서는 잠을 잘 수 없을 것이다.

부모님 집까지 이십 분간 차를 몰면서 여행사에 전화해 메시지를 남겼다. 그리고 헨리 형의 업무용 보이스 메일에도 3주간 떠나 있을 거라고 메시지를 남겼다. 형의 반응은 차마 상상하지 않았다. 우리는 새 사무실을 가질 것이고, 모든 일은 정돈되어 있을 것이고, 심지어 짐 싸는 일조차 누군가에게 맡길 수 있었다. 나는 고위 간부들 각각에게 여행 계획을 알리고 내가 없는 동안 처리할 일을 지시하는 메시지를 남겼다. 그리고 차창을 모두 열고 차가운 밤바람을 느끼며 모든 스트레스를 날려버렸다.

***

부모님 집에 도착하자 클로에와 커플로 처음 왔을 때가 생각나서 웃음이 났다.

클로에가 장학위원회 앞에서 발표한 지 사흘째 되는 날이었다. 이틀 동안 우리는 내 집, 아니 내 침대를 떠나지 않았다. 하지만 집에 들러 클로에와 함께할 시간을 만들라는 가족의 끊임없는 전화와 문자를 받고 우리는 부모님 집에서 저녁을 하기로 했다. 모두가 그녀를 그리워했다.

우리는 차를 타고 가는 동안 웃고 장난쳤다. 내 한 손은 항상 그녀의 어느 쪽 손인가를 잡고 있었다. 무심코 그녀는 다른 손 검지로 내 손목에 원을 그렸다. 마치 내가 진짜인지, 이게 진짜인지, 우리가 함께하고 있는 것인지 확인이라도 하는 듯이. 발표가 있던 날 저녁 클로에의 친구들과 보낸 시간 외에는 아직 함께 세상에 나서지 않은 상태였다. 관계의 변화는 분명히 당혹스러운 면이 있었다. 하지만 그 때문에 클로에가 초조해할 것이라고는 생각지 않았다. 그녀는 타고난 대담함으로 모든 도전에 맞서는 여자였다.

내 손을 잡은 그녀의 손이 떨리는 걸 알게 된 건 현관문에 섰을 때였다.

"괜찮아?"

손을 빼서 그녀를 돌려세우며 물었다.

그녀는 어깨를 저었다.

"예. 괜찮아요."

"설득력이 없는데."

그녀는 짜증스러운 듯한 표정을 지었다.

"괜찮아요. 문이나 열어요."

"세상에."

나는 충격을 받아 놀란 목소리로 말했다.

"클로에 밀스가 긴장을 다 하다니."

이번에는 그녀가 몸을 돌려 나를 쳐다보았다.

"알아차렸어요? 맙소사. 자긴 정말 똑똑해. 누군가 당신을 COO로 만들어 커다란 사무실을 내줘야 하는데 말이죠."

클로에는 직접 문을 열었다. 나는 문고리를 돌리는 그녀의 손을 잡았다. 내 얼굴에 미소가 퍼져나갔다.

"클로에?"

"난 그분들을 전에는… 알잖아요. 그리고 또 그분들은 당신이…."

그녀는 나를 가리키는 몸짓을 하고는 내가 그다음을 짐작해주기를 바랐다.

"클로에가 떠난 뒤 베넷이 완전히 재앙이 된 걸 보셨지."

"그냥… 일을 크게 만들지 말아요. 난 괜찮아요."

그녀가 말을 이었다.

"나는 그저 안달하는 클로에를 볼 드문 기회를 즐기는 것뿐이야. 이 순간을 기념하게 몇 초만 줘."

"꺼져요."

"꺼져?"

그녀 앞에 서서 내 몸을 밀착시켰다.

"지금 나를 유혹하는 건가요, 밀스 양?"

결국 그녀는 웃고 말았다. 그녀의 긴장이 어깨에서 조금 흘러내렸다.

"난 단지 상황이 어색하지 않았으면…."

그때 현관문이 열리더니 헨리 형이 나와서는 큰 동작으로 클로에를 끌어안았다.

"왔어요!"

클로에는 내 형의 어깨 너머로 나를 슬쩍 보고 웃었다.

"…할 뿐이야."

그녀는 말을 마치고 헨리를 끌어안았다.

현관문을 지나 안으로 들어가자 부모님들이 내가 본 것 중 가장 환한 미소를 띠고 서 있었다. 심지어 어머니의 눈가는 촉촉하기까지 했다.

"오래 걸렸네."

헨리 형이 말하며 내 여자 친구를 놓아주고는 나를 쳐다보았다.

속으로 끙 하는 신음 소리를 내며 나는 그날 밤 모든 게 클로에게
어떤 시련이었는지, 내가 얼마나 일하기에 힘든 부류인지를 되새김하
는 시간이 되리라는 사실을 짐작할 수 있었다. 밀스 양의 도전적인 태
도는 기억 저편으로 멀어졌다.

검은 드레스가 그녀에게 잘 어울리는 것도 좋은 일이었다. 내가 초점
이 되지 않는 게 중요했다.

클로에가 발표하던 날 아침에 나는 아버지에게 전화해 내가 그 자리
에 가서 그녀에게 파파다키스 슬라이드를 발표하라고 설득할 예정이
라고 말했다. 내게 다시 돌아오라고 애원할 예정이라고도 했다. 언제
나처럼 아버지는 나를 응원했지만, 클로에가 뭐라고 말하든 내가 원하
는 걸 추구했다는 사실 자체로 나를 자랑스러워한다고 미리 방어막을
쳐주기도 하셨다.

내가 원한 바로 그 여자가 집으로 들어와 내 부모님과 포옹하고 있
었다. 클로에가 내게 속삭였다.

"괜한 걱정을 했어요."

"클로에, 긴장했었니?"

어머니가 눈을 크게 뜨고 물었다.

"너무 갑자기 떠났으니까요. 마음이 안 좋았어요. 두 분을 더 이상
볼 수 없는 것도…."

클로에는 말을 흐렸다.

"아냐, 아냐, 아냐. 밀스 양은 베넷을 견뎌야 했던 거예요."

헨리 형이 내 한숨을 무시하면서 말을 했다.

"우릴 믿어요. 클로에, 우리는 당신 편이에요."

"형!"

나는 으르렁거리며 그녀를 내 쪽으로 끌어당겼다.

"이럴 필요까지는 없잖아."

"우린 다 안단다."

어머니가 클로에의 뺨을 쓰다듬으며 말했다.

"다 알아."

"어머니, 도대체 무슨 말씀이세요?"

나는 어머니에게 가서 포옹을 먼저 한 다음 노려보았다.

"클로에랑 조엘을 엮어주려 했을 때도 '다 알고' 계셨어요?"

"지금 적당한 표현은 '끝까지 가자'인 것 같은데."

헨리 형이 끼어들었다.

"그건 절대로 내가 쓰려고 한 표현이 아니야, 헨리 라이언." 어머니
는 형을 노려본 뒤 클로에에게 팔을 두르고 그녀를 이끌었다. 어머니
는 어깨 너머로 내게 말을 건넸다.

"네가 옳은 결정을 내리지 못한다면 다른 남자가 그걸 차지할 자격
이 있다고 생각했어."

"불쌍한 조엘은 그 기회를 얻지 못했지."

아버지가 중얼거리셨는데, 그 말에 다른 가족들뿐 아니라 아버지 자신도 깜짝 놀랐다. 아버지는 주위를 둘러보더니 웃음을 터뜨렸다.

"누군가는 해야 할 말이잖니."

차에서 내리면서 그날 밤의 나머지 일들이 떠올랐다. 불행하게도 우리는 모두 식중독에 걸려 10여 분 동안 히스테릭한 상태에 빠졌다. 저녁 식사가 끝난 뒤 어머니가 내오신 크렘 브륄레가 문제였다. 클로에와 나는 겨우겨우 내 집으로 돌아와 온통 땀에 젖은 채로 거실에 너부러졌다.

부모님 집의 현관문 손잡이를 돌렸다. 아버지는 아직 깨어 있을 테지만 어머니를 깨우고 싶지는 않았다. 문고리가 끼익 소리를 내며 돌아갔다. 소리가 더는 나지 않게 하려고 내가 잘 아는 대로 문 한쪽을 살짝 들어 올려 현관문을 열고 문턱을 넘었다.

놀랍게도 현관 복도에서 나를 맞이한 건 어머니였다. 자주색 가운을 입은 어머니는 찻잔 두 개를 들고 있었다.

"왠지 모르지만."

어머니가 차 한 잔을 내게 내밀며 말했다.

"어쩐지 오늘 밤 네가 올 것 같더라."

"어머니의 직감인가요?"

나는 잔을 받아들고 어머니 뺨에 키스하며 물었다. 나는 내 감정을 적당히 추스를 수 있기를 바라며 잠시 서 있었다.

"뭐 그런 거지."

어머니 눈에 눈물이 가득 차 있었다. 그것에 대해 내가 뭐라고 말을 꺼내기도 전에 어머니는 돌아서서 걸어갔다.

"따라 오렴. 왜 왔는지 안단다."

5

"우리가 제시간에 서명을 받을 수는 있겠죠?"

나는 시간을 확인하고 노트 패드에 뭔가를 끼적이는 조수에게 물었다.

"네. 아론이 지금 오고 있습니다. 점심때까지 그걸 받을 수 있을 거예요."

"좋아요."

나는 파일을 닫고 돌려주며 말했다.

"회의 전에 마지막으로 확인할 거예요. 만일 모든 게….'"

바깥 사무실 문이 열리고 베넷이 굳은 표정으로 들어왔다. 조수는 두려움에 헉 하는 소리를 냈고 난 그녀에게 나가도 좋다고 손짓했다. 그녀는 말 그대로 뛰쳐나갔다.

긴 다리 덕분에 베넷은 몇 걸음 만에 방을 가로질러 왔다. 그는 책상 맞은편에 서더니 반듯한 하얀 봉투 두 개를 마케팅 리포트 위에 던져놓았다.

나는 봉투를 보고 다시 그를 쳐다보았다.

"왠지 친숙한 상황이야."

내가 말했다.

"우리 중 한 명이 문을 쾅 하고 닫은 뒤 계단통으로 달려가는."

베넷이 눈을 굴렸다.

"열어 봐."

"뭐, 그래. 좋은 아침이에요, 라이언 씨."

"클로에, 까다롭게 굴지 마."

"당신이 까다로운 것 같은데요."

베넷의 눈빛이 부드러워지더니 책상 위로 몸을 굽혀 키스했다. 그는 지난밤 내가 잠든 후 늦게 돌아왔다. 시계의 알람 소리에 깨어보니 벌거벗은 그의 따뜻한 몸이 내 옆에 있었다. 그를 건드리지 않고 그대로 침대에서 일어나 나온 건 내가 생각해도 훌륭했다.

"좋은 아침, 밀스 양."

베넷이 부드럽게 말했다.

"자, 이제 그 빌어먹을 봉투를 열어 봐."

"당신이 우긴다면 그렇게 하죠. 하지만 내가 경고하지 않았다고는 하지 마요. 책상 위에 뭘 던지면 우리 사이에서 제대로 끝난 적이 없어요. 뭐, 적어도 내겐 그랬어요. 아마도 당신은 그걸 고쳐야…."

"클로에!"

"좋아요, 좋아."

내 이름이 적힌 쪽을 들어 봉투 안에서 인쇄된 종이 한 장을 꺼냈다.

"ORD에서 CDG."

그렇게 적혀 있었다.

"시카고, 프랑스."

나는 그를 쳐다봤다.

"나 또 어딘가로 발령 나는 건가요?"

베넷이 활짝 웃었다. 솔직히 그 모습이 무척 멋져서 그걸 보고 앉아 있는 게 정말 좋았다.

"프랑스, 정확히는 마르세유야. 두 번째 티켓은 다른 봉투에 있어."

비행기 표 두 장이었다. 금요일 출발. 그리고 오늘은 벌써 화요일이었다.

"나… 나는 잘 모르겠어요. 우리, 프랑스 가는 거예요? 어젯밤 일 때문에 그래요? 둘 다 바쁘잖아, 베넷. 그런 일은 늘 갑자기 일어나는 법이고. 나 열 받거나 하지 않았어요."

베넷이 책상을 돌아오더니 내 앞에 무릎을 꿇었다.

"아냐. 어젯밤 일 때문이 아냐. 앞으로 같이할 많은 밤 때문인 거지. 뭐가 제일 중요한지 깨달았기 때문이야. 그리고 이것."

그는 우리 사이를 가리켰다.

"이게 제일 중요해. 우리는 같이할 시간이 거의 없었잖아, 클로에. 그건 뉴욕에 간 뒤에도 달라지지 않을 거야. 난 당신을 사랑해. 당신이 늘 그리워."

"나도 당신이 그리워요. 하지만… 음… 좀 당황했어요. 프랑스는… 진짜 멀고, 할 일이 많은데…."

"프랑스만이 아냐. 개인 저택, 빌라야. 내 친구 맥스 소유의 별장이지. 학교 동창이야. 그 집은 아름답고 웅장하고, 그리고 비어 있어."

그가 덧붙였다.

"커다란 침대가 여러 개 있어. 수영장도 있고. 알몸으로 요리하고 돌아다녀도 되지. 원하지 않는 전화는 받지 않아도 돼. 가자, 클로에."

"당신이 알몸으로 돌아다니는 것은 늘 좋아요."

내가 말했다.

"그게 당신이 유혹을 마무리하는 방식이니까."

주저하는 내 태도에서 흔들리기 시작한 걸 느꼈는지 베넷이 더 가까이 다가섰다.

"적이 누구인지 난 언제나 알고 있어. 그 부분에 대해서는 자부심도 갖고 있지, 밀스 양. 그래서 어쩔 건가요? 같이 가지 않을래요? 제발?"

"오, 베넷. 아침 열 시에 당신은 나를 황홀경에 빠뜨려 죽이려고 하고 있어요."

"당신에게 진정제를 투여해서 어깨에 들쳐 메고 가는 방향도 구상 중이야. 물론 그러면 세관에서 문제가 좀 생기겠지만."

나는 숨을 깊이 들이마시고 표를 보았다.

"좋아요, 9일에 떠나서… 뭐? 이거 맞아요?"

베넷이 내 손에 들린 표를 들여다보았다.

"뭐가?"

"3주라고요? 모든 걸 던져둔 채로 프랑스에 3주씩이나 있을 수는 없어요, 베넷!"

그의 표정에 당황한 기색이 역력했다.

"왜? 모든 걸 다 처리할 수 있어…."

"진심이에요? 먼저, 우리는 한 달 뒤에 이사를 가야 하는데 아직 집도 못 구했잖아요. 또 가장 친한 내 친구는 지난주에 세상에서 가장 멍청한 개자식이 바람피우는 바람에 상처를 받은 상태예요. 내가 직업이라고 부르는 사소한 일도 잊지 말았으면 싶네요. 회의도 있고, 뉴욕 가기 전에 전 부서의 직원도 뽑아야 한다고요!"

베넷의 낯빛이 흐려졌다. 그가 기대한 반응은 분명 아니었을 것이다. 해를 등지고 서 있던 그가 고개를 돌려 살짝 기울이자 햇빛이 그의 눈썹에 닿았다.

아아. 마음속에서 죄책감이 풍선처럼 부풀어 올랐다.

"젠장. 미안해요."

나는 그의 어깨에 머리를 묻었다.

"이런 식으로 말하려고 한 건 절대 아니었어요."

단단한 팔이 내 몸을 감쌌고 그가 내쉬는 숨결이 내게 닿았다.

"알아."

베넷은 내 손을 잡고 구석에 있는 작은 탁자로 데리고 갔다. 나를 의자에 앉힌 뒤 자신도 반대쪽 의자에 앉았다.

"협상을 좀 할까?"

사무실에 들어온 뒤로 보이지 않던 도전 정신이 그의 눈빛에서 묻어났다.

협상이라면 내가 잘할 수 있는 거다. 그는 팔꿈치를 탁자에 대고 몸을 앞으로 기울였다.

"새 사무실로 옮기는 건…"

그가 말을 꺼냈다.

"물론 큰일이야. 하지만 부동산업자가 있지. 난 업계 톱 3의 경쟁 업체들을 만났어. 직접 보고 싶으면 당신이 봐도 되고, 아니면 내게 맡겨도 돼. 남은 일은 부동산업자가 처리하고, 짐을 싸고 옮기는 일은 사람을 고용해 할 수 있어."

그는 내 의사를 묻는 듯 눈썹을 치켜떴고 나는 계속하라고 고개를 끄덕였다.

"당신이 세라에 대해 얼마나 신경 쓰는지 알아. 세라에게 말해. 지금 어떤 상태냐고. 당신은 세라가 남자 친구와 헤어질지도 모르겠다고 말했지?"

"그래요."

"그렇다면 그 문제를 정면으로 치고 들어가자고. 그리고 당신 일… 난 당신이 정말 자랑스러워, 클로에. 당신이 얼마나 열심히 일하는지, 당신에게 일이 얼마나 중요한지 알아. 하지만 완벽한 때란 없어. 우리는 항상 바쁠 테고, 우리가 신경 써야 하는 사람은 주위에 언제나 있을 거야. 그리고 긴급한 일도 늘 생기지. 이건 당신이 직무를 위임하는 훈련 같은 거야. 당신을 사랑해. 하지만 당신을 일과 나누는 일에는 젬병이지. 우리가 새 사무실로 옮기면 그건 더 심한 문제가 될 거야. 언제 또 이런 일을 할 수 있겠어? 난 당신과 함께 있고 싶어. 난 당신에게 프랑스어로 말을 걸고 싶고, 아무도 주말에 찾아오지 않고, 일 때문에 전화 받지 않는 프랑스 침대에서 당신과 사랑을 나누고 싶어."

"책임 있는 어른처럼 행동하는 걸 어렵게 만들고 있어요." 내가 말했다.

"책임감은 과장되어 있어."

뭐라고 말하려 했지만 그냥 입을 벌린 채로 멍하니 그를 쳐다보았다. 이렇게 속 편한 당신, 누구세요? 내 남자 친구에게 무슨 일이 벌어진 거죠? 당국에서 당신 잡으러 온대요? 나는 그렇게 묻고 싶었다. 느긋한 표정으로 앉아 있는 남자 친구를 쳐다보다가, 방금 사무실에 들어와 공포에 질린 표정으로 베넷을 바라보는 인턴에게로 시선을 옮겼다. 아마도 그녀가 재수 없게 걸려서 이 못된 남자를 부르러 오게 된 것이겠지.

"음… 실례합니다, 밀스 씨."

그녀가 더듬거리며 정작 불러야 할 상대 대신 나를 보았다.

"라이언 이사님은 12시까지 콘퍼런스 룸으로 오셔야 합니다."

"고마워요."

내가 대답했다. 그녀가 나가자 나는 다시 베넷에게로 돌아갔다.

"나중에 더 얘기할까?"

그가 일어서며 조용히 물었다. 나는 그의 태도 변화에 당황하며
고개를 끄덕였다.

"고마워요."

티켓을 가리키며 말했지만, 그 속에 담긴 뜻은 그 이상이었다.
그가 내 이마에 키스했다.

"나중에."

***

베넷과 내게… 여행은 잘 풀린 적이 없었다. 우리가 스스로 만
든 거품 속에서 헤어 나오지 못하던 시기에 샌디에이고는 완벽한
장소였다. 그곳이 지옥 같은 장소가 된 것은 우리가 각자의 사생
활을 접고 공동체처럼 행동하려고 노력했기 때문이다.

지난 추수감사절에 여행을 계획했지만 일 때문에 취소하고 말
았다. 12월에도 여행을 가려고 했다. 베넷이 새해가 되기 전 개장
해야 하는 거대한 피트니스센터 건을 맡은 데다, 우리는 파파다
키스 건을 1월 초까지 끝내야 하는 상황이기는 했다. 그래도 나는
휴일에 함께 우리 집에 가서 긴 주말을 보내자고 그를 설득했다.

내 아버지를 함께 보기 위해서였다.

베넷은 별로 내켜하지 않았다. 그는 대규모 캠페인의 마지막 단

계에 있었고 만나야 할 그의 가족들이 있었다. 그리고 그의 여자 친구는 작년 내내 자기 아버지에게 상사가 얼마나 위압적인 멍청이인지 설명하다가 그즈음에야 그 상사와 잠자리를 같이하고 있다고 고백했다. 그 여행은 재앙이 될 수밖에 없었다.

아버지를 만나러 가는 비행기 안에서 베넷은 내내 조용했다. 비행기 안에서 섹스를 하는 사람들이 회원인 마일-하이 클럽에 가입하자고 그가 제안하지 않는 걸 보고 뭔가 잘못되었다고 느꼈다.

"당신 정말 점잖게 행동했어요, 라이언. 무슨 일이에요?"

비행기가 착륙한 이후에 렌터카를 빌리러 이동할 때 내가 물었다.

"무슨 뜻이지?"

"글쎄. 지난 세 시간 동안 당신은 내게 올라타라든가 빨아달라든가, 핥아달라거나 만져달라거나, 아니면 손으로 잡아달라거나 해달라는, 아니면 당신 물건을 칭찬해보라는 등의 부적절한 얘기를 전혀 하지 않았거든요. 당신이 생각하는 소리가 들릴 정도였죠. 솔직히, 신경이 좀 쓰이네요."

그는 몸을 숙이더니 내 엉덩이를 쳤다.

"이제 좀 나아? 아무튼 그 스웨터를 입으니 젖꼭지가 도드라져 보여."

"말해 봐요."

"당신 아버지를 만나는 거잖아."

그는 목깃을 잡아당기며 말했다.

"그리고?"

"그리고 그분은 내가 개자식이었다는 걸 알지."

내가 헛기침을 하자 그가 쳐다보았다.

"아마도."

"아마도?"

"클로에."

나는 그를 후려치며 말했다.

"베넷 라이언이 개자식인 건 모든 사람이 알고 있는 사실 아닌가?"

베넷이 한숨을 쉬었다.

"우리가 당신 아버지를 보러 가기로 한 때부터, 당신 아버지가 제대로 시간관념이 정확한 분이라면 우리가 함께 일하는 동안 섹스도 하는 사이였다는 것도 짐작하시겠지."

"어쨌거나 그러고 나서도 나는 당신 가족을 만나야 했어요. 미나 형수님이 헨리 이사님에게 화장실 사건을 말했을 테고, 헨리 이사님이 안다면 엘리엇 대표님도 아실 테고… 오, 이런. 당신 어머니가 그분이 제일 좋아하는 화장실에서 우리가 한 일을 아시겠네… 조엘이 나를 소개받으러 왔을 때 말이에요."

나는 손바닥으로 이마를 짚었다.

"뭐, 괜찮아. 우리 가족은 겉옷 속에 팀 클로에 셔츠를 입고 다니는 당신 서포터스니까. 당신 아버지와는 좀 다르다고."

렌털 숍에 도착해서, 들어가기 전에 그의 손을 잡았다.

"이봐요. 우리 아빠는 당신 딸이 어떤 사람인지 알아요. 내가 다소 활달한 편이라는 걸 말이죠."

"아, 그러세요?"

내가 노려볼 차례였다.

"아무튼 우리 아빠는 딸이 언제나 잘 선택한다고 믿으세요. 그러니 당신은 괜찮아요."

베넷이 한숨을 쉬더니 몸을 숙여 이마를 내 이마에 가져다 댔다.

"당신이 그렇게 말한다면."

              ***

주차장에 대놓은 빛나는 검은 벤츠 주위를 돌면서 아빠는 사악한 휘파람 소리를 냈다. 장화도 눈 속에서 뽀드득 소리를 냈다.

"내 생각에 남자가 이런 차를 모는 이유는 딱 한 가지밖에 없네. 뭔가 보상받기 위한 거지. 자네도 동의하나, 벤슨?"

"베넷입니다."

그는 숨을 죽여 정정한 뒤 내게 어색한 미소를 보냈다.

"크리스마스예요, 아빠. 다른 자동차는 다 나가고 없다고요."

저녁때도 상황은 나아지지 않았다. 식탁에 앉았을 때 아빠는 마치 뉴스 화면에서 본 얼굴과 대조하는 듯 베넷의 얼굴을 쳐다봤다.

"베넷, 어?"

와인 잔 너머로 의심스러운 눈초리를 쏘아대며 아빠가 말했다.

"그건 도대체 무슨 이름인가?"

나는 으르렁댔다.

"아빠."

"제 어머니가 제인 오스틴의 팬이라 좀 로맨틱한 이름을 지어주셨습니다. 형 이름도 그렇고요. 전 좀 나은 편입니다."

심지어 아빠는 이 농담에도 웃지 않았다.

"로맨스 소설에 나오는 주인공 이름을 땄다고? 그걸로 몇 가지가 설명되는군."

"아버님의 이름 프레더릭에 대해 말씀드리자면."

베넷이 미소 지으며 말했다.

"이렇게 말해도 된다면, 좋은 이름입니다. 프레더릭 웬트워스는 제인 오스틴 소설 『설득』에 나오는 성실하고 자수성가한 주인공

이죠. 어머니는 제가 고등학교를 다닐 때 제인 오스틴 소설을 모조리 읽게 하셨는데 저는 어머니가 하라는 일은 대체로 다 하는 편입니다."

그는 음식을 한 입 떠서 씹고 삼킨 뒤 말을 이었다.

"어머니가 한 충고 중 하나는 당신 따님과 데이트하라는 것이었죠."

"흐으음. 뭐, 아무튼 내 딸에게 잘하게."

아빠는 식탁 너머로 베넷을 노려보며 말했다.

"내 치과위생사의 남자 친구가 마피아인데, 누구도 자네를 놓치진 않을 거야."

"아빠!"

아빠는 눈을 크게 뜨고 순진무구한 표정으로 나를 보았다. "왜?"

"마크의 애인은 마피아가 아니거든요."

"당연히 마피아지. 이탈리아인이잖아."

"이탈리아인이라고 다 마피아는 아니에요."

"날 믿어라. 내가 만나 봤다. 짙은 유리창을 낀 검은색 차를 몰고 있었어. 마크가 사무실 파티에서 그를 팻돈이라고 불렀어."

"그 남자 이름은 글린이에요, 아빠. 회계사가 되기 위해 공부 중이고요. 마피아가 아니란 말이죠."

"도대체 왜 그렇게 항상 논쟁적인지 모르겠구나, 클로에. 결국 옳고 그름을 아시는 건 하느님뿐이야."

그 시점에서 웃음이 터진 베넷은 실례한다며 일어서야 했다.

나중에 베넷이 모노폴리 보드게임에서 아빠에게 져줌으로써 아빠를 자기편으로 만든 뒤—베넷 라이언이 돈과 관련된 게임에서 졌다는 얘기를 도대체 누가 믿겠는가—그는 손님방에서 몰래 내 침대로 숨어들었다.

"들키고 말 거예요."

그렇게 말했지만 이미 나는 그를 올라타고 있었다.

"당신이 조용히 하지 않으면 그렇게 되겠지."

"흠. 잘 모르겠어요. 내가 고등학생 때 몰래 나가다가 아빠에게 걸린 게 한두 번이 아니거든. 그때 나는 정말 조용했어요."

"당신 아버지 얘기는 나중에 하면 안 될까? 당신의 십 대 시절 침대에서 섹스하는 흥분이 잘 유지가 안 되거든. 그리고 맙소사. 클로에. 이거 의도한 속옷이야?"

베넷은 내 팬티의 가느다란 끈을 잡은 손을 비틀어 끌면서 말했다. 그것도 아주 강하게.

"안 돼요."

나는 숨을 죽여 소리쳤다.

"그거 새 거예요."

"이런 거 좋아하잖아."

그는 웃으면서 팬티를 찢었다.

"전통을 지키기 위해 내 일을 하는 것뿐이라고."

항의하고 싶었지만 첫째, 사실 그가 옳았고 둘째, 베넷이 찢어진 천 조각을 치우고 손가락으로 내 안에 들어왔기에 주의를 다른 곳으로 돌린 상태였다. 그는 다른 손으로 내 엉덩이를 잡고 그의 위에서 움직이도록 격려했다.

"응. 그렇게."

입술을 벌린 채 그의 얼굴이 내 다리 사이에 자리 잡았다.

"셔츠를 벗어."

찢어진 팬티는 잊어버리고 나는 고개를 끄덕이고는 티셔츠를 벗어 뒤로 던졌다. 그가 둘째 손가락을 집어넣었고 나는 움직임을 더 빨리했다. 침대가 우리 밑에서 부드럽게 삐걱거렸다.

베넷이 일어나 앉더니 "쉿" 하며 내 입을 막았다.

"잠깐 일어날게."

나는 무릎을 움직여 자세를 바꾸고 베넷이 잠옷 벗는 모습을 지켜보았다.

"그런데 진짜로 여기서 하려고요?"

내가 속삭였다. 침대는 너무 작았고 방은 덥고 조용했다. 게다가 아빠는 내 방에서 두 번째 방 건너편에 있었다. 어리석은 데다 불편한 일이었다.

베넷의 얼굴을 더 잘 보려고 작은 램프를 켰다. 그의 입술은 부풀어 있었고 머리는 헝클어져 있었다. 그리고 그의 미소는 정말 어처구니없었다.

"난 정말 당신을 사랑해, 이 음란한 여자 같으니. 내가 보는 걸 원해?"

"응."

"혼자서 해봐."

그가 속삭였다.

난 혼자서 시작했다. 절정을 향해 가기에는 너무 느리지만 눈이 접시 크기만큼 커진 그가 내게 다가와 키스하도록 만들기에는 딱 좋은 속도였다. 그는 내 입술에 대고 뭐라고 중얼거리더니 천천히 내 혀에 감겨왔다. 그는 내 몸 구석구석을 쓰다듬었다. 단단해진 그의 물건이 클리토리스 위를 스쳐 가더니 결국 천천히 내 안으로 진입했다.

처음엔 흐릿했지만 곧 꽉 찬 감각이, 따뜻한 숨결과 더 따뜻한 살결의 감촉이 느껴졌다. 베넷은 내 젖꼭지를 빨다가 내가 그의 위로 미끄러지자 잇새로 잡아당겼다. 그 감촉에 너무나 빠져 있어서 침실 문이 삐거덕거리며 열리는 익숙한 소리마저 듣지 못했다.

"오, 이런 빌어먹을!"

아빠가 소리쳤다. 그다음 우리의 팔다리가 정신없이 움직이고
담요가 날아다녔다. 아빠가 쿵쾅거리며 복도를 걷는 소리, 딸이
당신의 집에서 섹스를 한 사건과 심장마비가 올 것 같은 신호에
관해 중얼거리는 소리가 멀리서 들려왔다.

다음 날 아침 급하게 치아의 근관치료가 필요했던 노스다코타
대학 풋볼 팀 선수와 그 치료를 오직 아빠만이 할 수 있다고 우긴,
아빠의 오랜 친구인 팀 코치에 대해 우리가 얼마나 고마워했는지
말할 필요는 없을 것 같다. 아빠는 해가 뜨기 전부터 병원에 나가
그들이 파고에서 돌아오는 걸 기다려야 했다.

그렇다. 휴가를 가서 잘된 적이 한 번도 없었다.

아침 내내 죄책감이 나를 괴롭혔다. 베넷에게 안 된다고 그렇
게 서둘러 말하지 말아야 했다. 유연하게 변화를 주기 위해 그가
찾아왔는데, 일을 생각하자고 말한 건 나였다. 도대체 나한테 무
슨 문제가 있는 거지? 나는 여러 회의 사이에 그를 만나려고 시도
했다. 하지만 가장 가까이 갔을 때 마치 유명 인사를 따라다니는
팬들처럼 일군의 임원이 그의 주위에 서서 다들 한마디씩 떠들고
있었다.

"얘기 좀 해요."

내가 입 모양으로 말했다.

"박쥐 신호야?"

그가 그렇게 말한 것 같았다. 나는 고개를 저었다.

"저녁 어때요?"

그는 고개를 끄덕였고, 사람들 등 뒤에서 내게 키스를 날리고는 무리를 이끌고 엘리베이터를 타더니 사라졌다.

***

"그래, 상황이 어때?"

세라는 어깨를 으쓱하더니 튀긴 감자에 케첩을 발라 입에 넣었다. 하지만 시선은 나를 피하고 있었다.

"괜찮아."

그녀를 바라보았다. 세라는 늘 괜찮다고 말한다.

"진심이야."

그녀가 의자에 기대면서 웃었다.

"너무 소란스러워. 뭐가 진실이고 뭐가 아닌지 알아보려는 중이야."

"좋은 계획처럼 들리네."

내가 말했다.

"그와 오랫동안 사귀었기 때문에 힘든 건 사실이야. 하지만 솔직히 말해서 난 잘 지내."

"세라, 끼어들어서 미안해, 왜냐면 엄밀히 말해 이건 내 일이 아니니까. 하지만 그건 내가 들은 얘기 중 가장 말이 안 되는 소리야."

"뭐?"

"들었잖아. 앤디 문제는 큰일이라고. 베넷은 프랑스 여행을 같이 가자는데, 내가 가면 안 되는 1254가지 명백한 이유 중에 맨 위에 있는 게 바로 너야."

"뭐?"

그녀는 같은 말을 계속 되풀이하고 있었지만, 이번에는 조금 더 큰 소리로 말했다.

"베넷이 프랑스에 같이 가자고 했다고? 오, 하느님. 놀라운 일이야. 그리고 잠깐, 내가 문제라고?"

"그래. 베넷은 뉴욕의 미친 생활이 시작되기 전 우리가 함께 지낼 시간을 가졌으면 해."

그렇게 말하며 냅킨을 돌돌 말아 세라에게 던졌다.

"그리고 난 네가 신경 쓰여서 3주간 여행을 떠날 마음이 안 생긴다고."

세라가 웃더니 탁자를 돌아와 나를 껴안았다.

"내가 들은 것 중 가장 다정하면서도 가장 멍청한 얘기야. 사랑해, 클로에."

"그리고 난 곧 떠날 거야."

나는 세라를 꼭 끌어안으며 덧붙였다.

"지금이 우리가 함께 보내는 마지막 3주라고."

세라가 내 옆에 앉았다.

"난 다 큰 어른이고, 여러 얼굴을 갖고 있어. 네가 여기 남아서 날 돌봐주고 싶다는 건 정말 고마워. 하지만… 베넷이 옳다고 생각해."

그녀는 살짝 움츠리며 말했다.

"너희들에겐 이 여행이 필요해. 네가 잘해내고 싶다면, 야한 옷 몇 벌을 손가방에 넣고 그 남자를 끌고 프랑스에 가야 해."

나는 웃으며 세라의 어깨에 기댔다.

"오, 맙소사. 그 때문에 일이 복잡하게 꼬일 거야. 나 대신 인터뷰를 하고 회의에 참가할 사람이 필요해."

"하지만 그만한 가치가 있지 않아?"

나는 웃으며 베넷이 여행에 대해 말할 때 얼마나 흥분했는지, 내가 그의 열정에 공감하지 않자 얼마나 실망했는지를 떠올렸다.

"맞아. 그럴 만한 가치가 있지."

6

나는 옆으로 굴러 침대 옆 탁자에 놓인 전화기를 들고 엄지로 알람을 껐다. 피곤에 전 상태로 겨우 두 시간 전에야 잠들었다. 새벽 두 시까지 일하고 돌아온 나는 클로에를 깨우지 않고 침대에 누우려 했지만, 그 녀가 깨더니 내가 무슨 말을 하기도 전에 나를 올라탔다. 내가 그녀를 제지할 거라고 느낀 양.

한 시간을 덜 자게 됐다고 불평할 수가 없었다. 하지만 그녀의 손이 이불 밑에서 내 배를 만지며 그곳까지 쓰다듬고 있는 지금, 난 그녀를 멈춰야 한다. 내겐 타야 할 비행기가 있기 때문이다. 그것도 혼자서.

그녀도 프랑스에 올 테지만, 나보다 하루 늦게 출발하게 됐다. 마지 막 금요일에 처리해야 할 일들이 있다고 완강하게 우겼기 때문이다.

나는 기다렸다가 그녀와 함께 가려고 했지만 출발이 임박해 직항 노선에 남은 게 없었다. 게다가 붙어 있는 자리도 없었다. 하는 수 없이 내가 먼저 가서 맥스의 집에 자리 잡기로 했다.

"우리한테 시간이 없는 것 같은데."

클로에의 머리에 입을 대고 속삭였다.

"시간을 내자는 게 아니에요."

그녀는 졸린 목소리로 대답했다.

"하지만 이 녀석은…."

그녀가 내 발기한 물건을 꽉 잡으며 말했다.

"시간이 있다고 말하는걸요."

"십오 분 후에 픽업하러 차가 올 거야. 그리고 어젯밤 당신이 보여준 식욕 덕분에 난 샤워를 해야 해."

"절정까지 2분이면 충분하다고 당신이 말한 적이 있는 것 같은데. 지금 2분도 없다는 거예요?"

"아침 섹스는 한 번도 2분 만에 끝난 적이 없어."

나는 그녀에게 환기시켰다.

"당신이 졸린 상태에서 헝클어진 머리에 따뜻한 몸을 하고 있을 때는 더욱."

침대에서 몸을 일으켜 욕실로 향하면서 그녀가 내 베개를 붙잡고 내는 신음 소리를 들었다.

내가 깔끔하게 차려입은 상태로 나타났을 때 클로에는 침대에서 일어나 있었다. 여전히 내 베개를 안고 우리가 따로 프랑스로 날아가야 한다는 사실에 짜증 나지 않은 척하면서.

"뿌루퉁해 있지 마."

내가 속삭이며 그녀의 입술에 키스했다.

"나 없으면 제대로 안 된다는 내 예상을 당신은 확인하게 되겠지."

그녀가 눈을 부라리거나 장난스럽게 꼬집어주기를 기대했지만, 그녀는 그럴 필요도 없는데 내 타이를 고쳐 매주었다.

"당신 없이도 잘하거든요. 그저 당신과 떨어지기 싫을 뿐이지. 당신이 떠나면 내 집을 들고 가버리는 것 같아요."

그래, 사실이다.

옷가방을 침대에 놓고, 클로에의 말이 내게 어떤 반응을 일으키는지 보여주려고 내 손으로 그녀 고개를 들어 나를 보게 했다. 그녀는 웃으며 혀를 날름 내밀었다.

마지막 키스를 나누며 내가 속삭였다.

"프랑스에서 봐."

***

날짜 변경 때문에 나는 하루를 잃고 토요일에 도착할 예정이었다. 클로에는 겨우 12시간 뒤에 출발하지만 직항이 없기 때문에 뉴욕까지 야간 비행기로 간 뒤 그다음 날에야 프랑스로 출발해 월요일에 마르세유에 도착할 것이다. 그녀가 올 때까지 준비할 시간이 있다는 얘기다. 하지만 맥스의 성품을 고려하면, 집은 말끔하게 청소되어 먹을 것과 마실 것으로 가득 차서 내가 손댈 게 남아 있지 않을 터였다.

게으른 베넷… 그걸로 충분하다.

나는 일등석실로 들어가 자리에 앉아 샴페인 잔을 기울인 뒤 클로에에게 문자메시지를 보냈다.

'탑승. 바다 건너에서 봐.'

전화기가 몇 초 뒤 울렸다.

'여행을 재고 중. 주말에 딜리온스에서 신발 세일이 있대요.'

나는 큰 소리로 웃었다. 그 문자는 무시하기로 하고 전화기를 재킷 주머니에 넣었다. 다른 승객들이 내 옆을 지나갈 때 나는 눈을 감고 과거의 여행을 떠올렸다. 우리가 함께 여행한 것은 겨우 몇 번뿐이다. 하지만 계획대로 진행된 적이 한 번도 없다. 나도 모르는 사이에 무슨 휴가 유령이라도 불러들인 걸까. 마치 우리는 계획이 흐트러지고 서로 떨어지고 한심한 논쟁으로 얼룩지거나 아예 취소되고 마는 여행으로 인해 고통 받도록 운명 지워진 것처럼 보였다.

지난 추수감사절 여행을 생각하니 위가 뒤틀렸다. 우리는 충동적으로 세인트 바트로 가는 티켓을 샀고 물가에 있는 집을 빌렸다. 완벽한 여행이 되었어야 하지만, 화해 이후 처음으로 클로에가 대화를 거부했던 사건이 그때 벌어졌다.

***

"이 빌어먹을 후레자식 같은 개자식."

클로에가 문을 쾅 닫고 내 책상으로 돌진했다. 나는 고개를 들고 눈썹을 1인치가량 치켜 올렸다.

"얼간이가 던전을 또 탈출하기라도 한 건가요, 밀스 양?"

"비슷해요. 파파다키스가 론칭을 밀어붙이고 있어요."

내가 갑자기 일어서는 바람에 의자가 뒤로 밀려나 벽에 쾅 하고 부딪쳤다.

"뭐?"

"출범일이 1월에 잡힐 것 같아요. 최초 언론 보도는 1월 7일로 정해졌어요."

"그때는 이런 일을 하기에 최악이라고. 많은 사람이 여전히 취해 있거나 휴가 뒷정리를 하고 있을 때니까. 아무도 근사한 새 아파트를 사지 않는다고."

"내가 빅 조지에게 말한 게 바로 그 점이에요."

"그에게 돈이나 세고 마케팅은 우리에게 맡기라고 말 안 했어?"

클로에는 팔짱을 끼며 큰 소리로 웃었다.

"아마 정확히 그 표현을 썼을 거예요. 좀 더 심한 표현이 약간 들어 갔지만."

나는 다시 자리에 앉아 손바닥으로 얼굴을 문질렀다. 추수감사절 아침에 비행기를 탈 예정이었는데, 지금 일을 내버려둘 수 있는 상황이 아니었다.

"그래도 된다고 말했어?"

책상 건너편에서 그녀가 점점 굳어지는 게 느껴졌다.

"내게 선택지가 뭐가 있는데요?"

"우리가 준비가 안 될 거라고 말해야지."

"하지만 그건 거짓말이잖아요. 우리는 할 수 있어요."

난 손을 떨어뜨리고 입을 벌린 채 그녀를 보았다.

"그래. 하지만 휴일 내내 하루에 열다섯 시간씩 일을 해야 하잖아. 그것도 그의 엿 같은 론칭 일정 때문에."

그녀는 손을 옆구리에 붙이고 불타는 눈으로 나를 보았다.

"그 사람은 기본적인 마케팅을 위해 우리에게 백만 달러나 지불했고, 우리는 다른 천만 달러짜리 미디어 광고를 중개하려고 하고 있어요. 이 최대 고객을 위해 하루에 열다섯 시간 일하는 게 불합리하다고 생각해요?"

"물론 아니지. 하지만 그가 유일한 고객도 아니잖아. 사업에서의 규

칙 제1조는 대형 고객에게 다른 고객들이 그보다 덜 중요하다는 사실을 알게 하지 않는 거라고."

"빌어먹을. 베넷. 나는 우리가 일정을 맞추지 못할 거라고 말하지 않을 거예요."

"때로는 약간의 반발이 필요해. 당신은 늘 청신호만 보내, 밀스. 당신이 확신이 서지 않으면 내게 전화를 했어야지."

그 즉시 그 말을 삼켜버리고 싶었다. 클로에의 눈이 커지고, 입이 벌어지더니, 젠장, 그녀가 옆구리에 댄 손으로 주먹을 쥐었다. 나는 사타구니를 보호하기 위해 몸을 움츠렸다.

"지금 진심이에요? 저녁 식사 때는 내 스테이크를 대신 잘라주지 그래요? 이 자기중심적인 멍청이 같으니."

거기서 나는 참지 못했다.

"내가 떠먹여서 씹게 해줄 수 있다면."

클로에의 얼굴이 부드러워졌다. 하지만 그녀가 내 엉덩이를 걷어차려면 힘을 얼마나 써야 할지 계산하고 있다는 걸 알고 있었다.

"세인트 바트 여행을 취소해요."

그녀가 단호하게 말했다.

"물론이지. 내가 열 받을 거라고 생각했어?"

"뭐, 정 이 시점에서도 여행을 가야 한다면, 당신은 혼자서 자기 손과 고무 튜브랑 놀게 되겠죠."

"그래도 별문제 없어. 이 두 손은 다양한 즐거움을 제공하거든."

그녀가 눈을 깜빡이더니 턱을 내밀었다.

"지금 날 더 화나게 하려는 거여요?"

"물론이지. 왜 아니겠어?"

클로에의 눈이 가늘어지며 눈동자 색이 짙어졌다. 그녀는 한 마디로 반격해 왔다.

"왜?"

"그래야 더 고통스러울 테니까. 당신은 조지에게 이런 성격의 결정은 팀 전체와 합의해야 하니 휴일이 끝난 뒤에 답을 주겠다고 말했어야 해."

"내가 그 말을 안 했을 거라고 어떻게 확신하죠?"

"당신이 여기 달려와 소식을 전했으니까. 그게 제안인 것처럼 행동하지 않았거든."

클로에는 나를 노려보았다. 그녀의 눈은 백여 가지의 반응을 담아 빛나고 있었다. 얼마나 많은 욕설로 대응해 올지 기다렸지만 놀랍게도 그녀는 아무 말 없이 사무실을 나갔다.

***

클로에는 그날 밤 오지 않았다. 지난 6월 JT 밀러에서 발표회를 가진

이후 두 번째로 떨어져 잔 밤이었다. 잠들려고 애쓰지는 않았다. 그 대신 드라마 〈매드맨〉을 보며 누가 먼저 사과하게 될지 궁금해했다.

내가 문제라는 게 맞았다. 나도 알고 있었다.

추수감사절 아침은 눈발과 함께 시작했다. 바람이 너무도 강해서 주차장에서 나와 사무실로 걸어갈 때 바람에 떠밀리듯 앞으로 나가야 했다.

우리가 싸운 후에 그녀가 다시 나를 떠날 거라고는 생각하지 않았다. 클로에와 내가 장기전으로 돌입하지 않을까 의심했다. 내가 두려움에 떨 이유는 아무것도 없었다.

그녀도 마찬가지라고 느낀 건, 그녀 역시 싸움에서 물러서지 않기 때문이었다. 그녀는 내가 완전히 무릎을 꿇거나 혹은 그녀가 다른 방식으로 내 위에서 무릎을 꿇기 전까지 싸움을 계속했다.

추수감사절에 회사에 나온 사람은 몇 명 없었다. 파파디키스 프로젝트 팀만 몇몇 나와 있었다. 클로에가 커피를 마시려고 복도를 걸어갈 때 모두가 그녀를 쳐다보았다. 그녀는 밤늦도록 사무실에서 일하고 책상 밑에서 잔 것이었다.

그녀는 내가 서 있는 회의실 입구 쪽은 쳐다보지도 않았다. 하지만 난 그녀가 무슨 생각을 하는지는 알 것 같았다.

"당신은 엿이나 먹어. 당신도, 그리고 당신도. 입을 내밀고 있는 한심한 게으름뱅이, 진짜 엿이나 먹어."

그녀는 자기 사무실 문을 열어놓고 들어갔다.

어서 들어와. 그렇게 말하고 있었다. 들어와서 끝을 보자고.

하지만 휴가를 취소하게 만든 그녀에게 누구든 비난을 퍼붓고 싶을 법도 한데, 아무도 그러지 않았다. 우리는 같은 윤리 강령 아래 비즈니스 세계에서 자란 사람들이다. 일이 최우선이다. 가장 먼저 성취한 사람이 자랑할 권리를 갖는다. 휴일에도 일하면 성공하게 된다.

그리고 경험 많은 임원이 아마도 파파다키스에 원하는 게 불가능하지 않다고 조언했을 터이므로, 언제나처럼 나는 클로에의 결정을 존중했다. 이건 그녀에게 새로운 이정표를 만나는 일이 아니었다. 그녀의 경력을 시작하는 일이었다. 그것이 그녀의 토대가 될 것이다. 클로에는 몇 년 전의 나였다.

***

사람들이 다 퇴근한 후, 열려 있는 그녀의 사무실 문을 노크해 내가 왔음을 알렸다.

"라이언 씨."

클로에는 안경을 벗으며 나를 쳐다보았다. 도시의 스카이라인이 그녀 뒤쪽에서 깜빡였고 점점이 흩어진 불빛이 벽 전면을 차지하는 창문에 비쳤다.

"제대로 일하게 하기 위해서 수컷이 되는 법을 가르쳐주러 오셨나요?"

"클로에, 당신이 남자 물건을 갖고 싶다면 그저 원하기만 하면 될 거야."

그녀는 얼굴 반쪽만 움직여 웃더니 책상에서 뒤로 물러나며 다리를 꼬았다.

"지금 내게도 물건이 생겨난 것 같으니 당신이 빨아줬으면 좋겠네요."

나는 웃음을 참을 수가 없어서 의자에 몸을 기대야 했다. "당신이 그 말을 할 줄 알았어."

그녀가 눈썹을 살짝 모았다.

"당신이 무슨 말을 하기 전에, 이게 엿 같다는 거 나도 알아요. 그리고 당신이 맞다고 생각해. 우리는 지금 세인트 바트의 물가에 있을 수도 있었어요."

뭐라고 말하려 했지만 클로에가 손을 들어 기다리라는 표시를 했다.

"하지만 일이라는 게, 베넷. 아무리 그랬어야 한다고 해도 나는 파파다키스에게 안 된다고 말하기 싫었어요. 일정을 맞추고 싶었죠. 왜냐면 우리는 할 수 있고 해야만 하니까. 어디서나 인터넷에 접속할 수 있고 일하기에 시간도 충분해요. 우리가 할 수 없다고 하는 건 거짓말처럼 느껴졌어요."

"맞아."

내가 동의했다.

"하지만 그에게 사분기 초반까지 시간을 주는 것만으로도 당신은 선례를 남긴 거야.

"알아요."

그녀가 손끝으로 관자놀이를 비비며 말했다.

"하지만 당신이 잘못했다고 말하려고 온 건 아니야. 당신이 왜 그랬는지 이해한다고 말하려고 온 거야. 진심으로 난 당신을 비난할 수 없어."

그녀는 손을 내려뜨리고 신중한 표정으로 나를 보았다.

"지금 경력으로 보아 당신이 파파다키스에게 예스라고 말한 게 놀랍지 않으니까."

그녀의 입이 열렸고 나는 그녀의 혀에서 튀어나오는 긴 목록의 욕설을 들어야 했다.

"진정해, 연발 폭죽."

난 몸을 앞으로 기울이고 손을 들며 말했다.

"당신이 순진하다고 말하려는 게 아냐. 연례 축하 카드를 꺼내 드는 것도 아니고. 물론 당신이 듣기 싫어한다고 해도 그게 사실이지만 말이야. 당신이 여전히 성장 중이라는 말을 하려는 거야. 당신은 자신이 거인이라는 걸 세상에 증명하고 싶어 해. 그리고 거인에게는 짊어진 천구의 무게라는 게 별거 아니지. 하지만 팀 전체가 걸린 문제이고 휴일이 얽힌 문제야. 난 당신이 왜 그랬는지 이해하지만 왜 당신이 갈등했는지도 알아. 당신에게 어려운 문제여서 마음이 불편해, 내가 거기 있었으니까."

목소리를 낮추고 좀 더 가까이 다가갔다.

"정말 엿 같지."

내가 말을 끝냈을 때 해가 지평선 너머로 지면서 사무실이 조금 더 어두워졌다. 클로에는 나를 부드러운 표정으로 보고 있었지만 마음을 읽기는 어려웠다.

뭐, 누구라도 읽기는 힘들었을 거다. 수천 번도 저 얼굴을 봐온 사람이건, 그녀에게서 당신을 갈겨주고 키스하고 할퀴고 범하고 싶다는 소리를 들은 사람이건.

"히죽히죽 웃지 마요."

그녀가 눈을 흘기며 말했다.

"당신이 뭘 하려는지 알아요."

"무슨 일?"

"나를 세워주려는 거잖아요. 냉혹한 남자, 하지만 내가 사랑하는 사람이기도 하지. 빌어먹을 베넷 씨."

"당신 사무실에서 날 범하려는 거야?"

비명을 질렀지만 내 목소리에는 놀라움과 고소함이 섞여 있었다.

"이봐, 진정해."

그녀는 재빨리 일어서더니 책상을 돌아 곧바로 내 넥타이를 잡았다.

"젠장."

그녀는 넥타이를 풀어 내 눈을 가리고 뒤통수에서 묶었다. "날 읽으려고 하지 마요."

그녀가 내 귀에 속삭였다.

"이제 아무것도 보지 마요."

"안 볼게."

감은 눈으로 타이의 실크 감촉을 느끼며, 다른 감각에 의지하기로 했다. 그녀의 미묘한 시트러스 향수가 느껴졌고, 팔뚝의 부드러운 피부가 와 닿았다. 나는 손을 천천히 그녀의 몸에 가져가 그녀를 돌려세우고 그녀의 등을 내 가슴에 가져다 댔다.

"좀 나아?"

그녀는 조용히 씩씩거리고 있었는데, 그건 긍정적인 신호는 아니었다. 진정한 좌절의 신호였다.

"베넷."

그녀가 내게 기대며 속삭였다.

"당신은 나를 미치게 해요."

나는 그녀의 엉덩이를 잡고 그녀에게 닿아 있는 내 물건의 단단한 윤곽을 느끼게 했다.

"적어도 어떤 건 절대로 변하지 않지."

***

눈을 뜨자 승무원이 앞에 있었다. 내게 뭔가 말한 듯 내 얼굴을 살피고 있었다.

"실례합니다만?"

내게 물었다.

"식사에 음료를 추가하실 건가요?

"아, 네."

클로에 몸에 대한 기억에서 두뇌를 되돌리며 대답했다. 그날 책상 위에서 그녀를 가졌을 때 나를 꽉 감싸던 탄력 있는 몸.

"그레이 구스하고 얼음 부탁합니다."

"점심 식사는요? 필레 미뇽 또는 치즈와 올리브가 준비되어 있습니다."

후자를 주문하고 창밖을 내다보았다. 3만 피트 상공 어디쯤일 것이다. 하지만 나는 시간을 거슬러 가고 있는 듯한 느낌을 받았다.

미국으로 돌아와 클로에를 만난 이후로 프랑스에 간 적이 없었다. 하지만 백 번째 방문쯤 되는 것 같은 느낌에, 난 왜 우리 가문 사람들이 전혀 친숙하게 느껴지지 않는지를 이해할 수 있었다.

추수감사절은 한편으로 계시 같은 것이었다. 왜냐면 클로에를 만나기 전이라면 나 역시 전혀 주저하지 않고 조지의 요구에 예스라고 했을 테니 말이다. 클로에는 여러 면에서 나와 닮았고, 그건 조금 끔찍한 것이기도 했다.

나는 어머니의 충고를 떠올리고는 미소 지었다.

"자기 세계보다 너를 우선시하는 여자에게 빠지지 마라. 너처럼 대담한 진짜 물건을 만나야 해. 더 나은 남자가 되고 싶다는 마음을 갖게 하는 여자를 찾아."

그래서 난 그녀를 만났다. 이제 내가 할 일은 그녀가 도착하기를 기다려 그 사실을 그녀에게 알려주는 것뿐이다.

***

우리가 빌린 빌라로 향하는 길은 작고 부드러운 돌로 덮여 있었다. 크기가 일정한 갈색 돌은 외양 때문에 고른 것들이고 풍경과 잘 어울렸는데 그저 미술 작품같이 감상하기 위한 것이라기보다 발바닥으로 감촉을 즐기기 위한 것임이 분명했다. 화단과 꽃병이 길 양쪽에 나란히 놓여 있었고, 각각에는 밝고 다채로운 꽃이 가득했다. 어디에나 나무가 있고, 조금 떨어진 곳에는 앉을 만한 장소가 있었는데 그 주변은 포도나무가 둘러싸서 정원의 다른 곳들과 구별되었다.

사실 이보다 더 아름다운 전원주택은 본 적이 없었다. 집은 붉은색이 바랜 부드러운 진흙빛이었지만 풍화작용으로 멋진 경치를 제공하고 있었다. 1, 2층의 커다란 창에는 흰색 셔터가 드리워졌고 문가에는 화려한 꽃들로 장식한 화단이 있었다. 바다 향과 작약꽃 향이 뒤섞여 대기를 떠돌았다.

부겐빌레아꽃이 프랑스의 지방색을 띤 좁은 이중 현관의 격자 구조를 타고 올라가 현관을 꾸며주고 있었다. 계단 맨 위 칸은 부서졌지만 깨끗하게 치워져 있었고 소박한 녹색 매트가 햇빛으로 바랜 콘크리트 위에 놓여 있었다.

나는 돌아서서 뜰을 다시 바라보았다. 뜰 한쪽, 커다란 무화과나무 아래에 밝은 오렌지색 식탁보를 씌운 긴 탁자가 있었고 그 위에는 형태와 크기가 서로 다른 작은 푸른색 병이 일렬로 놓여 있었다. 깨끗하고 하얀 접시는 일정한 간격으로 놓여 디너파티가 열리길 기다리고 있었다. 푸른 잔디밭이 내가 서 있는 통로까지 길게 이어졌는데 곳곳에 놓인 화분에 자주, 노랑, 분홍 꽃들이 피어 그 단조로움을 깼다.

주머니에서 열쇠를 꺼내 집으로 들어갔다. 밖에서 볼 때 확실히 큰 집이었지만, 안으로 들어가니 마치 착시 현상을 의도한 듯 더 커보였다.

맙소사, 맥스. 이건 좀 지나치지 않아? 프로방스에 있는 그의 집이 크다는 건 알았지만 이렇게 방이 많은 줄은 몰랐다. 현관에서부터 난 중앙 홀과 이어진 문을 적어도 열두 개는 보였다. 그리고 분명 위층과 보이지 않는 곳에도 더 많은 방이 있을 터였다.

나는 입구에 잠시 멈춰서 내 어머니가 주방 진열장에 놓아둔 작은 꽃병의 사촌뻘 되는 커다란 도자기를 바라보았다. 세룰리안블루의 화분 색은 완전히 똑같고, 마찬가지로 아름다운 노란색 선이 휘어진 측면을 장식하며 흘러내리고 있었다. 맥스가 우리 집에 처음 방문했던 어느 겨울방학에 선물로 들고 왔던 걸 기억했다. 난 그땐 그 물건이 맥스에게 어떤 의미인지 알지 못했다. 하지만 그의 휴가용 별장을 보고 나니 같은 작가의 작품이 곳곳에서 눈에 띄었다. 벽난로 위에 쌓인 접시, 수제 티포트, 그리고 장식장의 쟁반에 놓인 일군의 컵들.

나는 웃으며 도자기를 만져봤다. 클로에라면 넋을 놓겠지. 부모님 집에서 그녀가 제일 좋아한 게 바로 그것이었다. 우리가 이곳으로 오도록 운명 지어졌다는 생각이 들었다.

1월의 생일 축하 저녁 식사 후 클로에는 주방을 서성이며 진열장에 놓은 어머니의 컬렉션을 바라보고 있었다. 티파니 꽃병이나 목재 그릇의 섬세한 조각 대신 그녀가 꽂힌 건 구석에 있는 작은 푸른색 꽃병이었다.

"이런 색을 본 적이나 있는지 잘 모르겠어요."

그녀는 경탄하며 말했다.

"이런 색을 볼 거라고는 상상하지 못했는데."

어머니가 다가와 그걸 꺼내어 주셨다. 클로에가 손에 들자 샹들리에의 부드러운 빛 아래서 그 빛이 깜빡이며 변화하는 것처럼 보였다. 난 그게 그렇게 예쁜 줄 그때까지 전혀 몰랐다.

"내가 제일 좋아하는 것 중 하나란다."

어머니가 미소 띤 얼굴로 말했다.

"나도 이런 색을 다른 데서 본 적이 없어."

나는 도자기에서 물러서서 벽난로로 향하며 혼잣말로 중얼거렸다. 그건 사실이 아니에요. 창밖으로 보이는 바다가 바로 그 색을 띠고 있었다. 높이 뜬 태양과 맑은 대기 아래서. 그런 때에만 바다는 사파이어의 깊은 심장부 같은 푸른색을 보여주는 것이다. 여기 살았던 작가는 그걸 알았을 테지.

선반에는 수제품 성자상이 세 개 있었다. 프로방스 지방에서 전통적으로 만드는 조각상이다. 어머니의 꽃병, 커다란 도자기, 그리고 이곳에 있는 다른 예술 작품들을 만든 작가의 손에서 탄생한 것이다. 그 혹은 그녀는 여기 출신일 테지. 그가 살아 있는지 죽었는지 모르지만, 클로에는 이곳을 방문해서 그의 몇 작품을 보게 되겠지. 그러한 우연이, 갑자기 초현실적으로 느껴졌다.

벽난로 위에 쌓인 접시의 푸른색과 초록색이 저녁 햇살을 잡아 반사하며 뒤쪽 벽에 은은한 푸른색을 드리웠다. 밖에서 나무 사이를 뚫고 온 바람과 그림자를 넘나드는 햇빛 때문인지 마치 바람에 흔들리는 바다 표면을 보는 듯했다. 하얀 가구와 소박한 장식품들과 어울려 전체적인 분위기가 내 마음을 차분하게 만들었다. 라이언 미디어 그룹이나 파파다키스의 세계, 일과 스트레스, 끊임없이 울려대는 전화기의 세계가 백만 마일 밖의 얘기로 느껴졌다.

하지만 불행하게도 클로에 역시 멀리 있었다.

그녀가 대서양을 향하는 비행기 좌석에 앉아서 내 생각을 듣고 있었다는 듯, 주머니에 들어 있는 전화가 울렸다. 클로에의 문자메시지가 도착했음을 알리는 착신음이었다.

전화기를 꺼내어 문자를 읽었다.

'항공사 파업. 모든 노선 취소. 뉴욕에 묶여 있음.'

7

"출발을 못한다는 게 무슨 뜻인가요?"

나는 카운터 건너편의 여성을 노려보며 말했다. 그녀는 내 또래로 보였고, 주근깨투성이의 뺨과 딸기색이 섞인 금발 머리를 매끈한 포니테일 형태로 묶고 있었다. 그녀는 나를 비롯해 라과디아 국제공항에 있는 모든 사람을 목 졸라 죽이기 바로 직전인 것처럼 보였다.

"안타깝게도 항공기술자노조가 파업했음을 알려드립니다." 그녀는 단호하게 말했다.

"모든 프로방스 에어라인의 이착륙 노선은 취소되었습니다. 불편을 끼쳐 죄송합니다."

별로 죄송한 목소리가 아니었다. 나는 눈을 빠르게 깜빡거리며 그녀를 계속 쳐다보면서 그 말을 이해하려 애썼다.

"죄송합니다만, 뭐라고요?"

그녀는 건조하면서도 잘 훈련된 미소로 표정을 바꾸었다. "파업 때문에 모든 노선이 취소되었습니다."

그녀의 어깨 너머로 프로방스 에어라인의 출발 도착 알림 화면을 보았다. 그걸로 충분했다. '취소'라는 글자가 모든 라인에서 반짝거렸다.

"그러니까 제가 여기 묶였다는 거죠? 왜 시카고에서는 아무 말도 듣지 못했죠?"

"오늘 밤 묶을 숙소를 예약해드려도 괜찮겠습니까?"

"아니, 아니, 아니. 그건 불가능해요. 제발, 확인 좀 다시 해주세요."

"고객님, 말씀드렸다시피 이착륙하는 프로방스 에어라인 항공기는 없습니다. 다른 항공편을 알아보시는 게 좋겠습니다. 해드릴 수 있는 게 없어서 죄송합니다."

나는 끄응 하는 신음 소리를 내며 이마를 카운터에 떨어뜨렸다. 베넷이 지금 이 순간 햇살 아래 나와서 나를 기다리고 있을 것이다. 무릎에 노트북을 올려놓고 과도한 성취를 한 얼간이답게 일을 하고 있겠지. 아, 젠장. 그를 생각만 해도 나는 달아오른다.

"이럴 수는 없어요."

나는 똑바로 서서 할 수 있는 한 가장 안타까운 표정을 지으며 말했다.

"세상에서 가장 멋진 멍청이가 프랑스에서 날 기다리고 있고, 난 이 여행을 망치면 안 된단 말예요!"

"알겠습니다마아아안."

그녀는 목을 고르며 서류 더미를 가지런히 했다.

나는 완전히 끝장났다.

"얼마나 걸리죠?"

내가 물었다.

"확실한 건 모릅니다. 되도록 빨리 해결하려고 하겠지만, 하루가 걸릴 수도 있고 더 길어질 수도 있어요."

그것 참, 큰 도움이 되는 얘기다.

커다란 한숨과 들릴락 말락 한 욕설을 남기고 카운터에서 물러나 내 어시스턴트에게 문자메시지를 보내기 위해 구석을 찾았다. 아, 그리고 베넷에게 문자메시지를 보내야 했다. 이 일은 잘되지 않을 것 같다.

***

몇 초 만에 전화벨이 울렸다.

난 군중 사이를 헤쳐 나갔다. 프로방스 에어라인 터미널을 가득 메운 사람들 사이를 빠져나가 화장실 근처의 작은 벽감에 멈춰 섰다.

"안녕?"

"뉴욕에 묶이다니, 도대체 무슨 말이야?"

베넷이 소리 질렀다. 나는 움찔하며 수화기를 귀에서 잠깐 떼고는 진정하기 위해 숨을 깊이 들이마셨다.

"정확히 그 말뜻 그대로예요. 지상에 묶였고 들고 나는 비행기 편이 전혀 없어요. 델타와 다른 항공사 편을 알아보고 있는데 다른 사람들도 아마 같은 짓을 했겠죠."

"이건 말도 안 돼."

그가 으르렁거렸다.

"당신이 누군지 그 사람들이 알고는 있는 거야? 누구 좀 바꿔 줘."

웃음이 나왔다.

"내가 누군지 아무도 모르고 신경도 안 써요. 이런 문제라면 당신도 마찬가지일걸요."

베넷이 잠시 말을 멈췄는데, 그게 너무나 길게 느껴져서 전화가 끊어진 게 아닌가 싶을 정도였다. 하지만 그건 아니었다. 새소리가 전화선을 타고 건너왔고 멀리서 바람 소리가 울렸다. 다시 말을 시작했을 때 그는 내가 익숙해 있는 낮고 차분한 목소리로 돌아와 있었다. 아직도 내 팔에 소름을 돋게 하는 목소리. 그가 사업 얘기를 할 때면 구사하는 목소리였다.

"당신을 비행기에 태우라고 전해."

그가 단어 하나하나를 분명하게 발음하며 말했다.

"모든 비행기가 꽉 찼다고요, 베넷. 어떻게 하기를 바라는 거예요? 보트라도 얻어 탈까요? 순간이동이라도 해? 진정해요. 되도록 빨리 갈게요."

베넷의 신음이 들렸다. 나는 지금 그가 무언가 주장하거나 매력을 발산한다고 해서 해결될 수 없다는 사실을 받아들였음을 알아차렸다.

"그럼 언제?"

"모르겠어요. 어쩌면 내일? 모레? 하지만 최대한 빨리 갈게요, 약속해요."

체념의 한숨 소리와 함께 그가 물었다.

"지금은 어쩌고 있어?"

문이 열렸다 닫히는 소리와 함께 배경에 흐르는 음악 소리가 들렸다.

"기다리고 있어요."

나도 한숨을 쉬었다.

"방을 잡으려고요. 어쩌면 일도 좀 할 수 있겠네. 여기 있는 동안 아파트를 알아볼 수도 있을 것 같아요. 어쨌거나 가장 먼저 출발하는 항공편으로 갈게요."

"꼭 그래야 해."

그가 말했다. 명령하는 듯한 그의 목소리를 떨쳐버리려고 나는 고개를 저었다.

"집에 대해 말해봐요. 내가 상상하는 것처럼 정말 근사해요?"

"그 이상이야. 당신 회사가 개선할 여지는 있겠지, 하지만 젠장. 맥스가 이 건에서는 정말 대박을 쳤어."

"그렇구나. 즐기려고 해봐요. 햇볕을 쬐고 수영을 하고 뭔가 쓰레기 같은 걸 읽어봐요. 맨발로 걸어 다니고."

"맨발로 걸어 다니라고? 특이한 요구네. 아무리 당신이라고 해도."

"내 비위를 맞추려고 해봐요."

"네, 사모님."

내가 웃었다.

"아, 빌어먹을. 난 당신의 그런 면을 좋아하는 것 같아요. 명령을 받을 때 정말 섹시해, 라이언."

그도 전화기 너머에서 나지막하게 웃었다.

"오, 그건 그렇고 클로에?"

"네?"

"당신이 팬티를 안 가져왔으면 좋겠어. 여기서는 필요 없을 거야."

***

밤까지 공항에서 버티며 기적이 일어나기를 바랐지만 그런 일은 없었다.

짐을 다시 찾기까지 몇 시간이 걸렸고, 결국 호텔 방에 들어왔을 때 거의 죽기 직전이었다. 베넷에게 전화하기에는 시차 때문에 너무 늦거나 너무 일렀다. 샤워를 하고 룸서비스로 초콜릿 제품과 함께 와인 한 병을 주문하는 사이에 베넷에게 문자메시지를 보냈다.

와인 잔과 초콜릿치즈케이크를 욕조 가장자리에 아슬아슬하게 올려놓고 몸을 담그려는데 전화가 울렸다. 바닥을 더듬어 전화기를 찾았다. 베넷의 얼굴이 화면에 뜨는 순간 내 입에 미소가 걸렸다.

"자는 줄 알았어요."

내가 말했다.

"침대가 너무 커."

그의 졸린 목소리를 듣자니 웃음이 나왔다. 한밤중에 뒹굴면서 따뜻하고 무거운 팔다리로 나를 감싸고 내 살결에 다정한 말을 속삭이던 바로 그 베넷이었다. 그는 항상 그런 점에서는 처음부터 나보다 더 나았다.

"뭐하고 있어?"

그가 묻자 나도 다시 통화로 주의를 돌렸다.

"거품 목욕."

베넷의 끄응 하는 소리에 미소를 지었다.

"불공평해."

"당신은요?"

"서류 작업 좀 하고 있었어."

"내가 쓴 쪽지는 봤어요?"

"쪽지?"

"내가 뭔가 남겼어요."

"그래?"

"흐음. 노트북 가방을 봐요."

난 가죽 의자가 삐걱거리는 소리, 웃음소리와 함께 타일 바닥을 쿵쾅거리는 소리를 들었다.

"클로에?"

그가 더 크게 웃으며 나를 불렀다.

"누군가가 내게 협박 편지를 남긴 것 같아."

"재밌네요."

"오늘의 세 가지 관찰. 나는 해야 할 일 목록에 있는 걸 다 하지 않았어요. 당신이 만든 샐러드는 맛있었어요. 그리고 가장 중요한 것. 당신을 사랑해."

쪽지를 소리 내어 읽던 베넷이 나머지 부분을 속으로 읽는 동안 침묵이 흘렀다. 다 읽은 뒤에 그는 투덜거렸다.

"나… 아, 젠장. 당신이 여기 없다는 게 날 미치게 해."

나는 눈을 감았다.

"전 우주가 우리를 대적해 음모를 꾸미고 있어요."

"알아? 당신이 그렇게 딱딱하지 않고 나를 최우선 항목에 놓았다면 이 모든 일이 일어나지 않았을 거라고 말하고 싶을 때가 있어."

나는 그 말에 항의하려고 했다.

"하지만."

그가 말을 이었다.

"단호함은 내가 당신에게서 가장 사랑하는 것 중 하나야. 당신은 결코 안주하지 않아. 당신은 자신이 하지 못하는 일을 남이 해낼 거라고 기대하지 않지. 그 점이 달랐다면 아마 내가 사랑에 빠지는 일은 없었을 거야. 그게 내가 살아온 방식이니까. 언제나 그랬던 것처럼. 그리고 우리가 그렇게 닮았다는 걸 깨달을 때마다 약간 으스스하기도 해."

나는 찬물을 틀고 무릎을 가슴에 세우며 앉았다.

"고마워요, 베넷. 나한테는 많은 의미가 있는 얘기야."

"뭘, 진심인걸. 얼마나 고마워하는지는 당신의 뜨겁고 작은 엉덩이를 프랑스에 가져왔을 때 보여주는 게 어때?"

나는 눈동자를 굴렸다.

"좋아요."

***

다음 날 프랑스로 가지 못했다. 그다음 날에도. 사흘째 되는 날 나는 지나가는 배를 얻어 타는 것이 그리 나쁜 생각이 아니라는 생각이 들었다.

그 사흘간 우리가 사귄 그동안에 한 것보다 더 많은 전화를 베넷에게 한 것 같다. 하지만 그걸로 충분하지 않았다. 내 가슴속에 영구히 자리 잡은 빈 곳은 전혀 달래지 못했다.

일부러 바쁘게 움직였다. 하지만 향수병에 걸렸다는 건 부정할 수 없었다. 언제 어떤 지점에서 그렇게 되었는지 확실하지는 않다. 베넷이 내게 그런 대상이 되어버렸다. 바로 그 한 사람.

그건 정말 무서운 일이었다.

산책하면서 그 사실을 알아차렸다. 어시스턴트가 전화해서 그날 밤 늦게 에어프랑스를 예약할 수 있다고 말했다. 그때 맨 처음 떠오른 건 베넷이었고 그다음, 내가 가고 있다는 걸 빨리 알려주고 싶다는 마음이었다. 난 호텔 방으로 달려갔다.

하지만 거기서 멈췄다. 심장이 두근거리고 폐가 불타는 것 같았다. 언제 이런 일이 벌어졌지? 언제 그가 나의 모든 것이 되었지? 그와 내가 같은 마음이라고 말하는 게 가능한 일일까? 나는 멍한 상태에서 정신없이 옷을 가방에 구겨 넣고 내 물건을 챙겼다. 그가 작년에 얼마나 바뀌었는지를 돌아보았다. 고요한 밤에, 그는 내가 이 행성에서 유일한 여성인 듯 쳐다보곤 했다. 난 그와 함께 있고 싶었다. 항상. 같은 아파트나 침대에 있고 싶다는 게 아니라, 영원히.

이 미친, 제정신이 아닌 생각에 충격을 받아 웃음이 터졌다. 나는 한 번도 가만히 앉아서 원하는 게 나타나기를 기다리는 타입의 여자였던 적이 없다. 이번이라고 달라야 할 이유가 있을까? 그걸로 충분했다.

베넷 라이언은 자신에게 무슨 일이 닥칠지 전혀 예상도 하지 못하고 있을 것이다.

8

불가능한 일처럼 보이지만, 이 아름답고 거대한 프랑스 별장에서 지루해 미칠 지경이다. 이 집은 청소를 포함한 다른 관리를 할 필요가 없었고, 인터넷 연결은 너무나 느려 회사 서버에 접속해 일을 할 수도 없었다. 그리고 가장 기괴한 일이지만 클로에가 오기 전까지 해서는 안될 것이 몇 가지 있었다.

그녀가 뉴욕에 묶여 있는데 풀장에서 다이빙하는 건 잘못된 일처럼 느껴졌다. 나는 집 주위의 포도밭을 산책하고 싶지 않았다. 왜냐면 우리가 함께 발견해야 할 곳이기 때문이었다. 맥스의 주택 관리인이 와인을 몇 병 주었는데, 멍청한 자식이나 그걸 혼자서 마실 것이다. 내가 이 집에 기대하는 것은 그녀의 기대이기도 하다. 나는 그저 침실 하나만 열고 거기서 잤을 뿐이었다. 그녀가 도착하기 전 다른 방을 둘러보고 싶지 않았다. 우리는 함께 밤을 보낼 장소를 같이 고를 수 있을 터였다.

물론 이 중 하나라도 클로에에게 말한다면 그녀는 내가 유별나게 굴었다고 웃을 것이다. 하지만 내가 그녀를 이곳에서 보고 싶은 건 바로 그런 이유들 때문이다. 내가 박쥐 신호를 보냈던 그날 역사적인 무언가가 일어났다. 그때의 긴급한 느낌이 여전히 남아 있는데, 그녀가 여기에 와서 내가 하려는 말을 들을 때까지 아마 사라지지 않을 것이다.

정원을 거닐면서 먼바다를 보고 전화기를 되풀이해서 확인했다. 클로에가 수백 번 만에 보낸 가장 최근의 문자는 다음과 같았다.

'에어프랑스에 좌석이 있는 듯해요.'

이 문자를 보낸 건 세 시간 전이다. 희망적으로 들리지만 그 전에도 비슷한 문자를 보냈고 그때는 좌석을 구하지 못했다. 만일 그녀가 세 시간 전에 출발했다고 해도 내일 아침까지는 마르세유에 도착하지 못할 것이다.

집 뒤쪽에서 사람이 나타나 수영장 가까운 곳에 있는 탁자에 음식 접시를 놓는 게 내 시야 언저리에 보였다. 전화기에서 울리는 시간 알림을 듣고 내가 또 몇 시간을 하릴없이 보내고 점심시간이 되었다는 걸 알았다. 이 집에는 도미니크라고 하는 오십 대 여성 요리사가 있었다. 그녀는 매일 아침 빵을 굽고 점심에는 다양한 생선 요리와 신선한 재배 채소, 무화과를 내놓았다. 디저트도 수제 마카롱이나 잼을 얹은 작은 쿠키였다. 클로에가 빨리 도착하지 않는다면 나는 그녀를 마중 나갈 때 굴러가야 할지도 모른다.

내 음식 접시 옆에는 커다란 와인 잔이 있었다. 도미니크를 쳐다보자 그녀는 뒷문에 멈춰서 와인을 가리키며 말했다.

"Buvez-le. Vous êtes seul et vou semblez vou ennuyer(이걸 드세요. 당신은 혼자이고 권태로워 보여요)."

젠장. 나는 지루하고 외롭다. 와인 한 잔 정도는 해롭지 않을 거다. 나는 축하를 하려는 게 아니라 살아남으려는 것이니까. 그렇지 않나? 도미니크에게 감사를 표한 뒤 식탁에 앉아서 완벽한 바람과 완벽한 온도, 겨우 수백 미터 떨어진 바다의 소리, 내 맨발에 느껴지는 따뜻한 타일을 무시하려 애썼다. 나는 클로에가 오기 전까지 1초도 즐기지 않을 것이다.

베넷, 당신은 구제받을 수 없을 정도로 외골수예요.

언제나처럼 생선은 기가 막혔고 작은 타르트 양파와 정육면체로 자른 치즈는 내가 알던 것보다 더 풍부한 맛과 향을 풍겼다. 내 와인 잔은 어느새 비워졌고 도미니크는 잔을 다시 채웠다.

난 더 이상 와인은 필요 없다며 그녀를 제지했다.

"C'est bon. je n'en veux plus(괜찮아요. 더 필요 없어요)."

그녀가 내게 윙크했다.

"Dans ce cas, ignorez-le(그렇다면 무시하세요)."

그렇다면 무시하자.

***

와인 한 병을 비우고 나서, 왜 나는 프랑스에 집을 사지 않았는지 생각했다. 전에 살았던 곳은 시골이고, 그때의 추억에는 달고 쓴 것들이 섞여 있지만―친구와 가족들로부터 떨어진 시간, 엄한 시간표―돌이켜보면 인생에서 아주 짧은 시기만을 여기서 보냈을 뿐이다. 나는 아직 젊다. 아직 출발선에 있다. 여전히 많은 생이 남아 있는데 나와 클로에는 서로를 발견하고 말았다.

젠장, 맥스가 이런 멋진 장소를 찾았다면 나도 더 무성하고 아름다운 곳을 찾을 수 있을 것이다.

와인이 팔다리를 따뜻하지만 무겁게 만들었고, 내 머리는 별다른 이유 없이 떠오르는 산만한 생각으로 가득 찼다. 이십 대 초반에 클로에를 알았다면 어떻게 됐을까? 우리는 미친 듯이 싸우고 일주일 만에 헤어졌을 것이다.

난 전화기를 찾아서 클로에에게 문자메시지를 보냈다.

'우리가 적절할 때 만나서 기뻐. 당신이 내 골칫거리라고 해도, 당신은 내 삶에서 만난 최고의 선물이야.'

나는 그녀가 응답했는지 확인하기 위해 몇 번이나 전화기를 쳐다봤지만 대답이 없었다. 전화기가 꺼졌나? 호텔에서 자고 있을까? 비행기 안에서 문자는 보낼 수 있을 텐데? 머릿속으로 계산을 했다. 시차가 6시간인가, 7시간인가. 아냐, 너무 복잡하다. 도미니크가 와인을 한 잔 더 따라주기에 미소로 화답한 뒤 한 번 더 문자를 보냈다.

'이 맛있는 와인을 다 마시지는 않을 거야. 당신을 위해 남겨둘게.'

자리에서 일어났는데 뭔가를 헛밟았다… 뭐지? 인상을 찌푸리며 잔디밭을 내려다봤다. 작은 동물을 밟은 게 아닌가 싶었다. 그 생각을 떨치며 정원으로 걸어 들어가 두 팔을 펴고 길고 행복한 숨을 내쉬었다. 클로에와 잤던 마지막 날 이후 처음으로 편안해지는 기분을 느꼈다. 그러다 순간 내가 클로에의 도착을 준비할 시간을 전혀 갖지 못했다는 걸 깨달았다. 풀어놓을 물건들이 있을 것이다. 대화를 나눈 뒤에 계획을 세우겠지.

정원으로 데려와 잔디밭에 나란히 누워 그녀의 얘기를 들을까? 아니면 저녁을 한 뒤 조용한 시간을 기다렸다가 그녀를 의자에서 일으켜 내게로 끌어당길까. 내가 하고 싶은 말이 무엇인지는 잘 알고 있다. 비행기를 타고 오면서 머릿속에서 백만 번은 되풀이했으니까. 하지만 언제 말을 꺼낼지는 아직 정하지 못했다.

클로에가 망치로 내려치지 않게 그녀를 며칠 내버려두는 게 최선이겠지.

눈을 감고 고개를 젖혀 하늘을 향했다. 잠시 동안 순간을 마음껏 즐겼다. 클로에와 함께 햇볕을 쐰 게 지난 주말 헨리 형네 집에서 가진 바비큐 파티 때였다. 그때는 날씨가 약간 쌀쌀했다. 해는 났지만 바람이 좀 불던 하루가 저물고 우리가 집에 가서 게으르면서도 조용한 섹스를 나눈 것이 기억났다.

난 눈을 뜨고 밝은 햇살 아래서 손바닥으로 뺨을 세게 쳤다.

"이런 빌어먹을."

도미니크가 몇 미터 밖에서 나타나 정문을 가리켰다.

"Partez(나가세요)."

그녀가 내게 가라며 말했다.

"Allez vous promener. Vous être ivre(산책을 가세요. 당신은 취했어요)."

내가 웃었다. 그래, 좋다. 난 취했다. 그녀가 와인 한 병을 모두 따랐다.

"Je suis ivre parce que vous m'avez versé l'intégralité d'une bouteille de vin(당신이 와인 한 병을 통째로 주었기 때문에 취했어요)."

그렇게 말한 것 같다.

도미니크가 미소를 지으며 뺨을 들어올렸다.

"Allez acheter des fleurs chez le fleuriste. Demandez

Mathilde(나가서 꽃집에서 꽃을 좀 사세요. 마틸드에게 물어보세요)."

***

좋다. 내게 할 일이 있었다. 꽃을 좀 구하자. 마틸드에게 물어보면 된다. 난 신발을 묶고 집을 나와 읍내로 향했다. 도미니크는 영리한 사람이다. 내가 집에서 하루 종일 빈둥거리지 않게 하려고 나를 취하게 한 뒤 심부름을 보낸다. 그녀와 클로에는 죽이 잘 맞을 것 같다.

1킬로미터 채 못 가자 온갖 그릇에 꽃을 담아서 파는 작은 가게가 나왔다. 화병과 바구니, 상자와 도자기. 입구 위쪽에 둥근 글씨로 짧게 쓴 글자가 보였다.

MATHILDE.

빙고.

안으로 들어가자 벨이 울렸고 가게 뒤쪽에서 젊은 금발 여성이 나왔다. 그녀는 프랑스어로 인사한 뒤 나를 훑어보고는 다시 말했다.

"미국인인가요?"

"Oui, mais je parle français(네. 하지만 프랑스어를 할 줄 압니다)."

"하지만 저도 영어를 할 줄 알아요."

그녀는 모든 단어에 딱딱한 악센트를 실어 말했다.

"그리고 여기는 제 가게니까, 저를 위해 연습하기로 하죠."

그녀는 마치 유혹하듯이 이마를 쓸어 올렸다. 그녀는 확실히 아름다웠다. 하지만 두리번거리는 눈길과 섹시한 미소는 약간 불편하게 느껴졌다.

순간 이런 생각이 떠올랐다. 도미니크는 내가 지루하고 외롭다는 걸 안다. 하지만 내가 클로에를 기다린다는 건 모른다. 그녀는 내게 와인을 먹인 다음 이 마을의 뜨거운 젊은 독신 여성에게 보낸 것이다.

오, 하느님.

마틸드는 조금 더 가까이 다가와 크고 날씬한 꽃병에 담긴 꽃을 매만졌다.

"당신이 스텔라 씨 집에 머문다고 도미니크가 말하더군요."

"맥스를 알아요?"

그녀의 웃음소리는 조용하고 촉촉했다.

"네, 맥스를 알죠."

"오."

나는 눈을 크게 뜨고 말했다.

"맥스를 안다, 이거죠?"

"그렇다고 제가 특별해지는 건 아니죠."

그녀가 다시 웃었다. 꽃에서 시선을 떼며 그녀가 물었다. "꽃을 사러 오신 건가요? 아니면 도미니크가 다른 이유로 보냈다고 생각하시는 건가요?"

"내 여자 친구가 뉴욕에서 발이 묶이는 바람에 내일 도착해요. 파업이 있었지만 지금 오고 있죠."

나는 뭔가 어색한 순서로 빠르게 내뱉었다.

"그렇다면 꽃 때문에 오신 거군요."

마틸드가 말을 멈추고 주위를 둘러보았다.

"그녀는 운이 좋군요. 당신은 잘생겼으니까요."

그녀의 시선이 다시 내게로 미끄러졌다.

"그때까지는 술이 깨겠지요?"

나는 인상을 찌푸리고 몸을 바로 세웠다.

"그렇게 취하지 않았어요."

"그래요?"

그녀의 눈썹이 살짝 올라가며 흥미롭다는 듯한 미소가 얼굴에 퍼졌다. 그리고 가게 뒤쪽으로 가더니 꽃묶음을 가져왔다.

"어쨌거나 당신은 매력적이에요, 맥스의 친구 씨. 와인은 자제력을 조금 약화시킬 뿐이죠. 평소에 당신은 셔츠 단추를 몇 개 풀고, 당신 앞에서 느릿느릿 걷는 사람들에게 인상을 찌푸릴 것 같아요."

나는 더 인상을 썼다. 내 얘기처럼 들리기는 했다.

"나는 일을 진지하게 생각하죠…. 당신 말처럼 항상 그러는 건 아니에요."

그녀는 웃더니 꽃을 두 번 묶었다. 마틸드는 부케를 건네주고 눈을 깜빡였다.

"여기는 직장이 아니에요. 셔츠를 푸세요. 애인 때문에 술을 깰 필요는 없어요. 그 집에는 침대가 아홉 개 있거든요."

***

문이 열려 있었다. 도미니크가 문을 열고 나간 것일까? 뭔가 두려운 생각이 들었다. 내가 나간 사이에 무슨 일이 벌어진 건 아닐까? 누군가 집을 털었다면? 마틸드의 충고에도 불구하고 한순간에 술이 깨버렸다.

하지만 집이 털린 건 아니었다. 내가 나갈 때와 정확히 같은 상태였다. 다만 열린 문으로 바람이 불 뿐이었다. 아니지… 나는 정문으로 나오지 않았다. 뒤뜰에서 정원을 통해 나갔다.

복도에 들어서자 물 흐르는 소리가 들렸다. 도미니크를 불렀다.

"Merci pour l'idée, Dominique, mais ma copine arrive demain(좋은 제안 고마워요. 하지만 내 여자 친구가 내일 도착한답니다)."

내가 부르자마자 그녀는 알아들었을 것이다. 그녀가 다른 여자를 불러들이기라도 한 걸까? 그게 그녀가 맥스를 위해 하는 일이었나. 오 하느님, 남자란 전혀 달라지지 않는군요.

가장 가까운 침실로 향하면서 내가 들은 게 샤워 소리임을 깨달았다. 그리고 방문 안쪽에 슈트케이스가 있었다.

클로에의 것이었다.

***

소리 지르며 뛰어 들어가 내 사랑하는 여자를 겁나게 만들 수도 있었다. 어쨌거나 그녀는 바람이 충분하게 들어올 수 있도록 현관문을 열어두고 샤워하러 가버렸다. 만일 내가 아니라 다른 사람이 집에 들어왔을 때 무슨 일이 벌어졌을지 상상하고는 주먹을 꽉 쥐었다.

젠장. 그녀를 며칠 동안 못 보았기에 이미 나는 그녀의 목을 조르고 미친 듯이 키스를 퍼붓고 싶은 상태였다. 웃음이 나와 입이 다물어지지 않았다. 이게 우리다. 사랑과 좌절, 욕망과 격분의 친숙한 전투. 그녀는 내게 있는 모든 버튼을 누르고, 나조차도 모르는 걸 발견해내고는 또 모두 눌러댄다.

그녀의 조용한 노랫소리가 욕실에서 흘러나와 첫날 밤 내가 자리 잡은 침실까지 전해졌다. 좀 더 가까이 가서 그녀가 서 있는 모습을 문틈으로 살폈다. 젖은 긴 머릿결이 벌거벗은 등 뒤로 윤기 있게 흘러내리는 장면이 나를 반겼다. 그다음 그녀는 완벽한 엉덩이를 하늘로 치켜세우고 몸을 굽혀 다리를 면도했다. 노래를 계속 흥얼거리는 상태였다.

난 안으로 뛰어 들어가 면도기를 빼앗아서 내가 그녀의 다리를 면도

해주고 온몸 구석구석 키스를 퍼붓고 싶었다. 한편으로는 그녀를 뒤에서 범하겠다는 약속대로 그녀를 안고 천천히, 하지만 신중하게 사랑을 나누고 싶기도 했다. 하지만 무엇보다도 이 엿보기를 계속 즐기고 싶었다. 그녀는 내가 있다는 사실을 전혀 눈치 채지 못했다. 이렇게 그녀를 보고 있는 것—혼자 있다고 생각해서 노래를 부를 텐데, 내 생각이나 하고 있는 것일까?—은 뜨거운 한낮에 시원한 물 한 잔을 들이키는 것과도 같았다. 어떤 상황에서도 그녀를 훔쳐보는 것이 지겹지 않을 것이다. 게다가 샤워하느라 벌거벗고 젖은 상태라면 시나리오 중에서 최상위권이다.

클로에는 다리에 린스를 바른 뒤 일어서서 머리에서 컨디셔너를 닦아 냈다. 그때 나를 발견했다. 그녀는 웃음을 터뜨렸다. 그 순간 그녀의 젖꼭지가 단단해지는 걸 나는 놓치지 않으면서 유리로 된 샤워부스를 거의 부술 것처럼 그녀에게 다가갔다.

"언제부터 거기 서 있었던 거예요?"

나는 어깨를 으쓱거리며 그녀의 몸을 훑어보았다.

"이 한심한 변태."

"여전히 한심한 변태라는 뜻이겠지?"

나는 가슴 높이에서 팔을 교차해 벽에 기댔다.

"언제 온 거야, 도둑고양이?"

"30분 전쯤에 왔어요."

"미국에서 아직 비행기를 잡고 있을 거라고 생각했는데? 정말로 워프라도 한 거야?"

클로에가 웃고는 마지막 남은 린스를 씻어 내려고 샤워기 아래 서서 머리를 적셨다.

"말한 대로 첫 번째 비행기를 탔어요. 제대로 알려주지 않고 놀래면 재밌겠다 싶었죠."

그녀는 양손으로 긴 머리를 잡고 어깨로 쓸어내리며 물기를 쥐어 짰다. 그러는 동안 나를 보는 눈은 점점 더 빛이 났다.

"당신이 집에 돌아왔을 때 샤워하고 있는 나를 발견하길 바랐어요. 그래서 샤워실로 먼저 뛰어 들어온 거야."

"나도 벗을 준비가 되어 있으니 아주 편리한 발상이라고 인정해주지."

클로에는 문을 열고 나와 내게로 곧장 다가왔다.

"꽃집 아가씨랑 수작질을 하고 있다는 소리를 듣자마자 그 예쁜 입이 빨리 내 몸으로 돌아왔으면 했어요."

클로에를 노려보았다.

"오, 제발."

나는 잠시 말을 멈췄다가 물었다.

"도대체 어디서 들은 거야?"

그녀가 미소 지었다.

"도미니크가 영어를 아주 잘하더라고요. 당신이 맥 빠져 지내는 모습을 보는 것에 슬슬 지치고 있었는데 당신이 짜증난 듯 보여서 내보냈다고 하던걸요. 나도 동의했어요."

"그… 뭐?"

"아무튼 당신이 마틸드랑 함께 돌아오지 않아서 기뻐. 그랬다면 굉장히 어색했겠지. 안 그래요?"

"아니면 굉장해지거나?"

나는 놀리듯 말하며 클로에를 잡아당겨, 어깨높이에 있는 선반에서 수건을 꺼내 그녀의 몸을 감쌌다. 그녀 가슴에서 떨어진 물이 내 옷에 스며드는 게 느껴졌다.

그녀가 왔다. 그녀가 왔어. 그녀가 왔다고.

내 입술을 그녀에게 비벼대며 속삭였다.

"어서 와, 내 사랑."

"안녕?"

그녀가 속삭이며 내 목에 팔을 둘렀다.

"두 여자랑 해본 적 있어요?"

내가 물기를 닦아주자 그녀가 몸을 뒤로 빼어 내 셔츠 밑으로 손을 집어넣으며 물었다.

"그걸 물어본 적이 없다니 놀랍군요."

"보고 싶었어."

"나도 보고 싶었어요. 대답이나 해요."

나는 몸을 떨었다.

"응, 있어."

클로에의 손은 차가웠고, 내 몸을 긁어내리는 손톱은 날카로웠다.

"한 번에 두 명 이상은?"

고개를 흔든 뒤 몸을 숙여 그녀의 턱에 코를 비볐다. 그녀에게서는 집의 냄새가 나고, 집은 클로에 같다. 부드러운 시트러스 향과 자연스러운 살결 냄새가 뒤섞였다.

"내 입을 원한다고 하지 않았나?"

"정확히 말하면, 내 다리 사이에서."

그녀가 지시를 내렸다.

"그럴 거라고 생각했어."

나는 그녀를 들어 올려 침대로 데리고 갔다.

침대 가장자리에 내려놓자 클로에가 팔을 뒤로 하고 발을 침대 끝에 세운 채 뒤로 기대어 앉았다. 그러고는… 다리를 벌렸다. 나를 올려다보며 속삭였다.

"옷을 벗어요."

오 하느님, 이런 자세로 앉다니 이 여자가 날 정말 죽이려고 하는 걸까요. 나는 신발을 발로 차서 벗어 던진 뒤 양말을 털어 내고 셔츠를 머리 위로 벗어 뒤로 던졌다. 오랜만에 내 맨가슴을 만질 시간을 클로에에게 잠깐 제공한 다음 나는 배를 긁어 자국을 내고는 미소 지었다.

"당신이 좋아하는 게, 보여?"

"서로 보여주기 하는 거예요?"

그녀의 두 손이 허벅지를 지나 다리 사이로 들어갔다.

"난 이런 걸 할 수 있는데."

"지금 장난해?"

나는 숨을 들이쉬고는 단숨에 벨트와 바지를 벗어버렸다. 바지를 벗다가 넘어질 뻔했다.

클로에가 내게 손을 내밀었다.

"올라와요."

그녀가 내 입을 원하지 않는 듯 그렇게 말했다.

"내 위로. 당신 무게를 느끼고 싶어."

아무 가식 없는 완벽한 섹스였다. 우리에게는 다른 일보다 사랑을 나누는 게 최우선이었다.

그녀의 피부는 차가웠다. 내 피부는 태양빛, 저택으로 돌아오는 오르막길, 그녀를 갑작스레 보게 된 긴장감으로 붉게 달아올라 있었다. 그 대조는 놀라웠다. 그녀는 매끄러운 피부를 알몸으로 드러낸 채로 내 밑에서 작은 소리를 냈다. 그녀는 손톱으로 내 등을 할퀴었고 내 뺨과 목, 어깨를 이로 깨물었다.

"안에 해줘요."

그녀가 속삭이듯 키스했다.

"아직 아냐."

실망감으로 살짝 으르렁거리긴 했지만, 클로에는 내가 그녀에게 마음껏 키스할 수 있게 해주었다. 나는 혀끝에 그녀의 입술이 닿는 감촉을 좋아했고, 그녀의 혀가 내 입술을 핥는 것도 좋아했다. 사실 우리가 서로 닿는 모든 지점에 민감했다. 내 가슴에 닿은 그녀의 젖가슴, 내 등에 댄 그녀의 손, 내 다리 바깥쪽에 닿아 있는 그녀 허벅지의 근육. 그녀가 다리로 나를 감쌀 때 그녀의 넓적다리는 뜨거운 밴드 같았다. 나는 그녀의 다리오금을 잡고 내 엉덩이까지 들어 올려 그녀의 몸속으로 더 깊이 파고들었다.

내 밑에서 클로에는 몸을 활처럼 휘며 튕겨 올랐고 그녀 안에 들어간 부분을 제외한 모든 부위를 비벼댔다. 장난스럽고 애태우는 듯한 입맞춤이 갈망과 갈증으로 바뀌었다가 다시 느리고 음미하는 듯 달라졌다. 나는 그녀의 팔을 머리 위로 올려 손으로 잡아 누르고는 그녀의 젖꼭지를 아플 정도로 희롱했다. 그녀는 내가 원하는 걸 물었다. 어디가 기분 좋은지, 그녀의 몸을 원하는지 아니면 입을 원하는지 물었다. 우리가 벗고 있을 때 그녀의 본능적인 행동은 언제나 날 즐겁게 했다.

이 여자는 나를 놀라게 했다. 클로에를 만나지 않은 삶을 상사할 수가 없다. 나와 함께라면 그녀는 무엇이든 될 수 있었다. 두려움과 용기는 반대말이 아니었다. 그녀는 날카로우면서 부드러웠고, 거짓말쟁이면서도 순진무구했다. 나 역시 마찬가지로 그녀에게 모든 것이 되고 싶었다.

"우리가 키스하는 방식이 좋아."

내가 누르고 있는 입술 사이로 그녀가 속삭였다.

"무슨 뜻이야?"

물론 그녀가 무슨 말을 하는지 알고 있었다. 나도 정확히 같은 생각이니까. 다만 우리 사랑이 얼마나 완전한지 그녀의 목소리로 다시 듣고 싶을 뿐이었다.

"우리가 같은 방식으로 키스하는 게, 내가 뭘 원하는지 당신이 정확히 알고 있는 듯해서 좋아요."

"결혼하고 싶어."

나는 불쑥 내뱉었다.

"결혼해줘."

뭐라고? 이 미친⋯.

그동안 신중하게 구상한 내 청혼 멘트가 한순간에 창밖으로 내던져졌다. 할머니로부터 물려받은 오래된 반지는 옷장의 상자─멀기도 하다─에 들어 있었고 무릎 꿇고 밟아야 하는 모든 절차가 그저 증발해버렸다.

내 팔에 안긴 클로에가 조용해졌다.

"지금 뭐라고 했어요?"

내가 모든 계획을 망쳐버렸다. 하지만 돌이키기에는 너무 늦었다.

"우리가 1년 동안 같이한 시간이 너무 적다는 걸 알아."

나는 얼른 설명을 덧붙였다.

"너무 이르다고 느끼겠지? 이해해. 우리의 키스에 대해 느낀 점을 말했을 뿐이니까. 하지만 우리가 함께하는 모든 일에서 같은 걸 느껴. 난 그게 좋아. 당신 안에 들어가는 게 좋아. 당신과 일하는 게 좋아. 당신이 일하는 모습을 보는 게 좋아. 당신과 싸우는 게 좋아. 그리고 소파에 앉아 당신과 함께 웃는 게 좋아. 당신이 없을 때 나는 제정신이 아니었어, 클로에. 다른 건, 다른 사람은 생각할 수 없어. 모든 순간, 내게 가장 중요한 게 무엇이고 누군지. 그래서 나는, 우리가 이미 결혼한 상태라고 느꼈어. 어떻게든 그걸 공식적으로 말하고 싶었을 뿐이야. 멍청한 소리로 들리겠지만."

심장이 목구멍으로 튀어나오려는 걸 느끼면서 클로에를 쳐다보았다.

"누군가와 이런 기분을 느낄 거라고 상상도 하지 못했어."

그녀는 방금 들은 걸 믿을 수 없다는 듯 눈을 크게 뜨고 입을 벌린 채 나를 가만히 바라보았다. 나는 옷장으로 달려가 서랍에서 상자를 꺼내 가지고는 그녀에게 돌아왔다. 상자를 열고 할머니한테 물려받은 오래된 다이아몬드와 사파이어 반지를 내밀자 그녀는 두 손을 입으로 가져갔다.

"결혼하고 싶어."

내가 다시 말했다. 그녀의 침묵이 나를 불안하게 했고, 결국 빌어먹을, 또다시 나는 멍청한 소리로 망치고 말았다.

"물론 당신과 말이야."

눈물이 고였지만 클로에는 눈을 깜빡이지도 않고 반지를 받아 들었다.

"당신. 이런, 이 멍청이."

응? 기대와는 다른 반응이었다. 조금 이르다고는 생각했지만, 멍청이? 진짜로? 나는 눈을 가늘게 떴다.

"그냥 '너무 빨라'나 '아직 일러' 정도면 충분하잖아, 클로에? 이런. 나는 내 심장을 꺼내어 보여주…."

그녀가 침대에서 일어나더니 가방 있는 쪽으로 달려갔다. 그리고 짐을 마구 헤치더니 천 재질의 작은 푸른색 봉지를 꺼냈다. 그녀는 기다란 검지를 리본처럼 봉지에 걸어 그걸 내게 내밀었다. 눈앞에서 작은 봉지가 흔들렸다.

그녀에게 청혼했는데 그녀는 뉴욕에서 가져온 선물을 내민다? 이건 뭐지?

"도대체 이건 뭐야?"

내가 물었다.

"맞혀봐요, 천재 양반아."

"장난치지 마, 밀스. 봉지잖아. 시리얼 바나 탐폰이 들어 있겠지."

"반지예요, 멍청이. 당신 거."

심장이 너무나 크게 펌프질을 시작해 나는 심장마비에 걸리지 않을까 걱정됐다.

"내 반지?"

클로에는 봉지에서 작은 상자를 꺼내 보여주었다. 작은 백금 상자였는데, 가운데 티타늄 라인이 지나고 있었다.

"내게 청혼하려고 했던 거야?"

나는 여전히 혼란스러운 채로 물었다.

"그게 여자가 하는 거던가?"

클로에가 내 팔을 세게 쳤다.

"그래요, 이 남성 우월주의자 양반. 당신은 내가 준비한 이벤트를 완전히 망쳤어요."

"어, 아무튼 이건 예스라는 뜻이지?"

난 여전히 혼란스러운 머리로 물었다.

"결혼할 거지?"

"당신이 답해."

그녀가 소리쳤다. 하지만 얼굴은 웃고 있었다.

"기술적으로 말하자면, 당신은 묻지 않았어."

"젠장. 베넷! 당신도 안 물었어요."

"결혼해주겠어?"

내가 웃으며 물었다.

"결혼해줄래요?"

대답 대신 그녀가 다시 물었다.

나는 으르렁댄 다음 상자를 들어 마루에 떨어뜨리고는 그녀를 뒤로 젖혔다.

"이 말도 안 되는 일을 진짜로 하려는 거야?"

클로에가 고개를 끄덕였다. 눈을 크게 뜨고, 입술을 앙다물고. 젠장. 이건 조금 있다 해결해야겠다.

"내 물건을 잡아줘."

나는 몸을 굽혀 그녀의 목에 키스했다. 그녀가 손을 뻗어 내 몸의 일부를 잡자 절로 신음 소리가 흘러나왔다.

"안으로 인도해줘."

그녀는 내 아래로 미끄러져 들어왔다. 내 물건 끄트머리가 그녀의 입구에 닿았다. 몸의 모든 힘줄과 근육이 거친 광란을 갈구했지만 나는 천천히 그녀의 몸 안으로 들어갔다. 내 몸이 깊이 가라앉는 걸 느끼면서 나는 조용히 떨었다.

엉덩이를 위아래로 움직이자 클로에가 팔을 내 목에 둘렀다. 그녀는 내 움직임에 보조를 맞추며 내 목에 얼굴을 묻었다. 허리를 두 번 움직이자 우리의 움직임이 크고 격렬해지기 시작했다.

"당신을 맛보게 해줘."

이렇게 속삭이며 클로에 입에 키스하고 입안을 핥았다. 그녀의 다리를 들어 양쪽으로 누르며 더 깊이 미끄러져 들어갔다. 눈을 감자 그녀의 안에서 폭발할 것 같았다.

클로에는 베개 깊숙이 머리를 묻고 입술 사이로 달뜬 소리를 내뱉었다. 그 틈을 이용해 그녀의 입속으로 혀를 밀어 넣고 그녀의 혀를 빨았다.

"좋아?"

나는 속삭이며 그녀의 엉덩이를 움켜쥐었다. 그녀는 쾌감과 고통의 경계를 좋아했고, 우리는 일찍부터 그 날카로운 경계선을 함께 발견해왔다. 그녀는 고개를 끄덕였고 나는 더 빠르게 움직였다. 그녀의 체취가 내 머리를 가득 채웠다. 나는 그녀의 쇄골을, 목을 맛보고 어깨를 깨물어 자국을 남겼다.

"위로⋯."

클로에가 숨을 헐떡이며 나를 끌어 올려 얼굴을 마주 보았다.

"키스해줘요."

나는 그렇게 했다. 그녀가 내 밑에서 가쁜 숨을 몰아쉬며 비명을 지르고 더 빨리 움직이라고 재촉할 때까지 몇 번이고 반복해서 키스했다. 그녀의 복부가 긴장하며 다리로 나를 더 세게 조인다고 느낄 때, 절정의 날카로운 스타카토가 그녀에게서 터져 나왔다.

이제 내 욕망의 해방에 집중할 때다. 더 많이, 더 길게 원하며, 오르가슴을 향해 나를 놓아버리기 전까지 그녀가 또 느끼는 걸 보고 싶었다.

클로에의 교성이 더욱 커졌다. 그녀는 비명을 지르고 숨을 헐떡이며 나를 밀어내려고 애썼지만 나는 그녀가 또다시 느낄 수 있다는 걸 알고 있었다. 그녀는 민감했지만 더 나가는 게 가능했다.

"밀어내지 마. 아직 안 끝났잖아. 근처도 못 갔어. 한 번 더 느껴줘."

그녀의 엉덩이가 내 손안에서 다시 부드러워지더니 그녀가 내 머리털을 단단히 움켜쥐었다.

"오."

그것은 그저 숨소리였다. 하지만 그 작은 숨소리 하나에는 많은 게 담겨 있었다.

나는 그녀를 더 압박하며 엉덩이를 잡고 내 움직임에 맞추어 그녀의 다리를 들어 올렸다.

"바로 그거야."

"느껴."

그녀가 흐느꼈다.

"흑. 난, 난…."

그녀의 엉덩이가 경련을 일으켰고 나는 있는 힘껏 그걸 움켜쥐었다.

"멈추지 마."

"거길… 만져줘."

클로에가 숨을 몰아쉬며 말했다. 그녀가 원하는 게 뭔지 알고 있다. 그녀의 목에 키스한 뒤 내 손가락을 빨아 침으로 적신 뒤 그녀의 뒤로 손을 가져가 만지고 압박했다.

날카로운 비명과 함께 그녀가 다시 절정에 올랐고 그녀의 피부 아래 숨은 근육이 내 물건 전체를 압박했다. 깊은 숨을 들이마시며 나 역시 오르가슴이 척추를 타고 내려가 온몸이 떨렸다. 감은 눈 뒤에서 화려한 빛이 터져 나왔다. 귓가 혈관에서 피가 펌프질하며 흐르는 소리 때문에 그녀의 쉰 듯한 목소리가 들리지 않을 정도였다.

"예스. 예스. 에스."

그녀가 행복감에 젖어 노래하듯 흐느끼더니 베개 위로 무너져 내렸다. 뒤이어 찾아온 고요함 속에서 벽이 무너져버린 듯 느껴졌다. 내 머릿속의 모든 게 그녀를 찾아 헤맸다. 그저 멍한 상태였다.

"예스."

그녀가 마지막으로 속삭였다.

나는 제정신이 돌아오는 걸 느끼며 몸이 굳었다.

"예스?"

나를 안고 있는 팔과 다리가 여전히 떨리고 숨도 헐떡거렸지만 그녀가 내게 그 어느 때보다도 빛나는 미소를 보냈다.

"응. 나도 결혼하고 싶어."

옛이야기

나는 텅 빈 회사 건물의 어두운 복도를 내달렸다. 프레젠테이션 자료를 닥치는 대로 안아 들고 손목시계를 흘깃 보았다. 여섯 시 이십 분. 라이언 이사가 안달복달하고 있을 것이다. 이십 분 늦었다. 오늘 아침 경험에 비추어 보건대 그는 지각을 극도로 혐오하는 사람이다. 베넷 라이언 멍청이 사전에는 '지각'이라는 단어가 없다. 물론 '마음'이나 '친절' '연민' '점심시간' '감사합니다' 같은 말도 없을 것이 분명하다.

나는 이탈리아제 스틸레토힐을 신고 텅 빈 복도를 달려서 사형 집행인에게로 갔다.

'호흡 조절해, 클로에. 두려운 내색을 들켜서는 안 돼.'

회의실 근처에 도착한 나는 가쁜 호흡을 진정시키려 애쓰면서 천천히 걸었다. 닫힌 문 아래로 밝은 빛이 새어 나왔다. 안에서 나를 기다리는 것이 분명하다. 조심스레 머리와 옷매무새를 매만진 뒤 안고 있던 서류 꾸러미를 정리했다. 나는 크게 심호흡한 다음 문을 두드렸다.

"들어오세요."

부드러운 조명이 비추는 공간으로 들어섰다. 회의실은 웅장했다. 한쪽 벽면을 가득 메운 창문 밖으로 18층 높이에서 바라보는 시카고의 도시 경관이 아름답게 펼쳐지고 있었다. 하늘 가장자리에는 어스름이 깔리고, 마천루의 불 켜진 창문이 지평선에 점점이 산재해 있었다. 회의실 한가운데에는 육중한 목재 회의 테이블이 있었다. 그 테이블 상석에서 나를 바라보는 사람은 라이언 이사였다.

양복 재킷을 벗어 의자 등받이에 걸어둔 그는 넥타이를 느슨하게 풀고 하얀 드레스셔츠 소매를 팔꿈치까지 접어 올리고 앉아 있었다. 손가락을 세워 마주 댄 채 그 위에 턱을 올려놓고, 두 눈은 내 눈에 구멍을 뚫을 기세로 번득였다. 하지만 말은 없었다.

"죄송합니다, 라이언 이사님."

아직도 호흡이 불안한 탓에 목소리가 떨렸다.

"프린트하는 데 시간이….'

나는 말을 멈추었다. 변명이 도움이 될 상황이 아니었다. 게다가 내가 어쩔 수 없는 일로 비난을 받을 수는 없었다. 빌어먹을, 마음대로 하라지. 용기를 그러모은 나는 턱을 치켜들고 그가 앉아 있는 곳으로 걸어갔다.

그의 시선을 피한 채 준비한 서류를 분류한 다음 테이블에 프레젠테이션 슬라이드 서류를 놓았다.

"시작할까요?"

그는 아무런 말대꾸도 하지 않은 채 대담한 척하는 나를 뚫어져라 바라보았다. 저렇게 잘생기지만 않았어도 일은 훨씬 더 쉬웠을 거다. 그는 앞에 놓인 자료를 가리키며 계속하라는 몸짓을 했다. 목을 가다듬고 프레젠테이션을 시작했다. 내가 사업 제안의 여러 측면을 다루는 동안 그는 조용히 앉아서 자기 앞에 놓인 자료를 응시하고 있었다. 왜 이렇게 조용한 거지? 성질을 부린다면 얼마든지 대처할 수 있지만 이 기분 나쁜 침묵은 불안했다.

나는 테이블 너머로 몸을 구부려 그래프를 향해 손짓을 했다.

"프로젝트의 첫 번째 중요 시점 관련 일정이 약간 모호…."

그때였다. 나는 하던 말을 멈추었다. 숨이 목에 걸렸다. 그의 손이 내 등 아랫부분에 부드럽게 닿았다가 아래로 미끄러져 내려와서 엉덩이 곡선에서 멈추었다. 함께 일한 지난 아홉 달 동안 단 한 번도 의도적인 신체 접촉을 한 적이 없었던 그다. 하지만 이번에는 확실히 의도적인 접촉이다.

그의 손에서 뿜어져 나오는 열기가 스커트를 뚫고 내 피부로 전해졌다. 몸의 모든 근육이 팽팽해지고 몸속이 모두 녹아내리는 것만 같았다. 도대체 무슨 짓을 하는 거야? 뇌에서는 라이언의 손을 당장 밀쳐 내라, 다시는 내게 손대지 말라고 말하라고 소리쳤지만 몸은 다른 생각을 하는 것 같았다. 젖꼭지가 단단해지는 게 느껴졌다. 이를 악물었다.

흥분에 갇힌 내 심장이 쿵쾅거렸다. 족히 삼십 초가 지나는 동안 우리 두 사람은 아무 말도 하지 않았다. 그러는 사이 그의 손이 아래로 더 내려와 허벅지를 어루만지고 있었다. 나의 거친 숨소리와 창 너머 도시의 억눌린 소음만이 회의실의 정적을 메웠다.

"뒤로 돌아서요."

나지막한 그의 목소리가 침묵을 깨트렸다. 나는 허리를 펴고 시선은 앞을 향한 채 천천히 뒤로 돌아섰다. 그의 손이 내 상체를 스치듯 지나 엉덩이로 미끄러져 내려갔다. 등 아랫부분에서 느껴지던 손가락 끝의 조심스러운 손길은 어느새 두툼한 손바닥의 느낌으로 바뀌었다. 그는 엄지손가락으로 골반 바로 앞 부드러운 살결을 꾸욱 눌렀다. 나는 시선을 떨어트려 그의 눈을 마주 보았다. 그가 나를 골똘히 바라봤다.

그의 가슴이 들썩이며 점차 호흡이 가빠지는 것을 알 수 있었다. 그의 날카로운 턱 근육이 꿈틀거렸고 엄지손가락이 움직이기 시작했다. 천천히 조심스레 앞뒤로 미끄러지듯 엄지손가락을 움직이는 내내 그의 눈은 내 눈에 고정되었다. 내가 멈추라고 말하기를 기다리는 게 분명했다. 그의 손길을 뿌리치거나 그대로 뒤로 돌아서서 자리를 피할 충분한 시간이 있었다. 하지만 너무도 많은 감정이 교차하면서 도무지 정리가 되지 않는 두뇌에서는 어떤 반응도 생각해내지 못했다. 전에는 이런 적이 한 번도 없었다. 라이언에 대해 이런 감정을 갖게 되리라고는 상상도 해본 적이 없다. 당장 따귀를 한 대 갈겨버리고 나서 그의 셔츠를 잡아 일으켜서… 그의 목을 핥고 싶었다.

"지금 무슨 생각을 하고 있지?"

나지막이 말하는 그의 두 눈은 희롱하는 듯했지만 뭔가 염려하는 구석도 있는 듯 보였다.

"그걸 알아내려고 노력하는 중입니다."

라이언은 내 눈을 마주 보며 손을 조금 더 아래로 미끄러트리듯 움직였다. 그의 손가락이 내 허벅지까지 내려오는 듯하더니 치맛단으로 옮겨갔다. 치맛단이 들춰지고 그의 손끝이 레이스 밴드 스타킹과 이어진 가터벨트 끈을 더듬었다. 기다란 손가락 하나가 얇은 천 아래로 비집고 들어오더니 살짝 아래로 잡아당겼다. 나는 숨을 헉 들이마셨다. 순간 몸이 녹아버리는 느낌이었다.

이 몸뚱이는 뭐지? 이런 반응을 보이다니. 여전히 라이언의 뺨따귀를 한 대 갈기고 싶었지만 그보다 더 다급하게 그가 계속해주기를 바라고 있었다. 다리 사이의 묵직한 통증이 점점 커져갔다. 그의 손가락이 팬티 가장자리까지 침입하더니 순식간에 안으로 미끄러져 들어왔다. 부드러운 살을 어루만지는 그의 손길이 클리토리스를 스치고 내 깊숙한 곳으로 밀고 들어오는 순간 나는 입술을 깨물고 터져 나오는 신음을 억누르려 노력했지만 실패했다. 시선을 떨어트려 그를 바라보니 이마에 땀방울이 송골송골 맺혀 있었다.

"이런!"

그가 거친 음성으로 나직하게 말했다.

"촉촉이 젖었어."

라이언이 두 눈을 감았다. 나처럼 마음속에서 치열한 전투를 벌이고 있는 것 같았다. 나는 그의 넓적다리 쪽을 내려다보았다. 부드러운 바지 천이 꽉 죄어 있는 모습을 분명히 볼 수 있었다. 라이언은 두 눈을 감은 채로 손가락을 빼더니 내 팬티 레이스를 움켜쥐었다. 고개를 가로저으며 나를 올려다보는 그의 얼굴이 격앙되어 있었다. 침묵을 깨고 거친 파찰음이 울려 퍼지더니 순식간에 내 팬티가 찢겨 나갔다.

참을 수 있겠니

펴낸날	초판 1쇄 2015년 9월 29일

지은이	크리스티나 로런
옮긴이	옴므
펴낸이	심만수
펴낸곳	(주)살림출판사
출판등록	1989년 11월 1일 제9-210호

주소	경기도 파주시 광인사길 30
전화	031-955-1350 팩스 031-624-1356
기획·편집	031-955-4662
홈페이지	http://www.sallimbooks.com
이메일	book@sallimbooks.com

ISBN   978-89-522-3228-1 03840

르누아르는 살림출판사의 로맨스 문학 브랜드입니다.

이 도서의 국립중앙도서관 출판시도서목록(CIP)은 서지정보유통지원시스템 홈페이지
(http://seoji.nl.go.kr)와 국가자료공동목록시스템(http://www.nl.go.kr/kolisnet)에서
이용하실 수 있습니다.(CIP제어번호: CIP2015024956)

책임편집 · 교정교열 **선우지운** | 디자인 **정인호**